DICTIONNAIRE

BASQUE, FRANÇAIS, ESPAGNOL ET LATIN,

D'APRÈS LES MEILLEURS AUTEURS CLASSIQUES

ET LES

Dictionnaires des Académies française et espagnole,

PAR

AUGUSTIN CHAHO.

❖

LIVRAISON.

BAYONNE,

IMPRIMERIE DE P. LESPÉS, RUE LORMAND, N° 1.

1856.

LA GUERRE DES ALPHABETS.

RÈGLES D'ORTHOGRAPHE EUSKARIENNE,

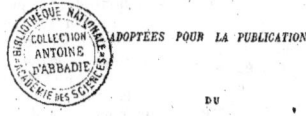 ADOPTÉES POUR LA PUBLICATION

DU

DICTIONNAIRE BASQUE, FRANÇAIS, ESPAGNOL ET LATIN,

PAR

AUGUSTIN CHAHO.

BAYONNE,

IMPRIMERIE ET LITHOGRAPHIE DE P. LESPÉS, RUE PONT-MAYOU, N° 12.

1856.

AU LECTEUR.

L'examen des règles d'orthographe à suivre dans le Dictionnaire quadrilingue, devait naturellement précéder l'apparition des premières Livraisons. L'accueil sympathique fait à cet ouvrage par l'intelligent et loyal rédacteur en chef du *Messager de Bayonne*, baron Rignon, nous porta à lui écrire la lettre suivante :

« Monsieur le Rédacteur,

« Permettez-moi de vous remercier de nouveau de
» la bienveillance parfaite et toute littéraire avec la-
» quelle vous avez bien voulu accueillir l'annonce du
» *Dictionnaire basque, français, castillan et latin*. Par
» cette publication, monsieur le Rédacteur, je ne fais
» que donner suite aux essais que j'ai publiés, et aux
» travaux dont je m'occupe depuis vingt-deux ans.

« Le 16 février 1845, si j'ai bonne mémoire, je di-
» sais, dans un petit journal, que tous les livres basques
» imprimés jusqu'alors ont une orthographe vicieuse et
» barbare. J'engageais les Basques instruits à se con-
» certer entre eux, pour mettre enfin un terme à l'anar-
» chie qui règne dans cette partie de notre littérature
» nationale : j'ajoutais que la question de l'orthographe
» me faisait retarder seule la publication des *Chants*
» *basques* et celle du Dictionnaire qui va paraître.

« Vous savez, tout aussi bien que moi, monsieur le
» Rédacteur, quelle est la portée de cette question
» d'une orthographe unitaire et grammaticalement cor-
» recte : elle mérite à coup sûr les honneurs d'une dis-
» cussion publique ; et, s'il convenait au *Messager* d'ou-
» vrir ses colonnes à une petite polémique grammati-
» cale et littéraire, je m'empresserais de soumettre à
» nos auteurs français et castillans les règles que j'ai dû
» suivre et la méthode que j'ai cru devoir adopter. Les
» Biscayens et les Guipuzcoans déclarent que l'ortho-
» graphe navarraise est détestable au superlatif ; je puis
» dire que la plupart admettent, avec quelques modifi-
» cations, la réforme que je propose. Il ne me reste
» plus, monsieur le Rédacteur, qu'à provoquer publi-
» quement la critique et les objections de mes compa-
» triotes les plus instruits ; après quoi j'aurai la certi-
» tude d'avoir suivi dans le Dictionnaire que je vais
» publier, un système d'orthographe grammaticalement
» irréprochable.

« J'ai dit, dans le prospectus, qu'avec ce Dictionnaire
» méthodiquement fait, et complet, le lecteur n'aurait
» nul besoin d'avoir jamais étudié la langue des Ibères,
» pour être en état de traduire à livre ouvert, mot par
» mot, sans se tromper, le premier texte basque qu'on
» lui présentera. Quelques incrédules, de ceux-là qui
» ne sont ni linguistes ni philologues, ont eu hâte de
» s'écrier : Impossible ! Il ne faut pas s'inquiéter de
» cette incrédulité, ni la prendre en mauvaise part. Les
» hommes ne jugent des choses que selon les idées qui
» sont entrées dans leur esprit ; ils ne comprennent très
» bien que les vérités qu'ils savent déjà. Ils nient opi-
» niâtrément tout ce qu'ils ignorent : cela est fort natu-
» rel. S'ils étaient en état de comprendre à première
» vue les vérités qu'on leur montre, c'est qu'ils les

» connaissaient déjà ; et il serait parfaitement inutile de
» les leur expliquer, d'en fournir les preuves. Nous
» adressons ceci aux détracteurs de la langue basque,
» et aux incrédules qui ont prononcé en guise d'oracle
» ce terrible mot : Impossible !

« Au surplus, le problème à résoudre a été nettement
» posé par le lexicographe de la langue réputée incom-
» préhensible. Les premières livraisons du Dictionnaire
» sont sous presse. Le texte basque qui sera dédié aux
» nombreux Souscripteurs consistera en un beau recueil
» de *Chants populaires* de la Navarre et des Provinces
» Basques. Nulle part le génie et l'admirable correction
» de la primitive langue espagnole ne brille avec plus
» de fraîcheur et de naïveté, que dans ces improvisa-
» tions poétiques de nos Bardes.

« Agréez, je vous prie, monsieur le Rédacteur, avec
» mes civilités les plus franches, l'expression de ma
» gratitude personnelle pour le concours littéraire que
» le *Messager* veut bien prêter à la publication du Dic-
» tionnaire basque, ouvrage qui manque, et qui ne sera
» pas sans utilité. »

Le *Messager* nous ouvrit sur le champ ses colonnes, en termes gracieux et trop flatteurs pour que nous puissions les reproduire ici.

La nouvelle méthode d'orthographe et les réformes qu'elle introduit, basées sur les règles de la grammaire inviolable, ont obtenu l'approbation des meilleurs esprits ; et, sans qu'il soit besoin de publier en ce moment les lettres qui nous ont été adressées à ce sujet, on peut dire que cette réforme, importante au point de vue grammatical et littéraire, est un fait acquis, consacré par l'assentiment général. Les linguistes et les archéologues savants qui s'occupent de débrouiller les mystères de l'alphabet euskaro-ibérique, comprendront quelle est la portée et l'intention de cet opuscule : *La Guerre des Alphabets* : prélude d'investigations d'un ordre plus élevé, que nous ne pouvions aborder dans un petit traité d'orthographe euskarienne, et dans le cercle étroit des lettres de l'alphabet romain. Ce sacrifice nous était dicté par le plan de notre travail ; et MM. les Souscripteurs en seront dédommagés par le *Tableau grammatical*, où des faits clairs et décisifs, qui rendront toute discussion inutile, viendront peut-être au secours des idées qui commencent à circuler sur la véritable origine et la priorité de l'alphabet euskaro-ibérique. L'ABC avait annoncé, à la fin de la séance de clôture, que le compte-rendu de ces débats orthographiques serait envoyé en prime, gratis, à MM. les Souscripteurs au Dictionnaire quadrilingue : c'est une promesse dont nous n'avons pas voulu retarder l'accomplissement, en attendant la publication des *Proverbes* et *Chants populaires*.

AUGUSTIN CHAHO.

LA GUERRE DES ALPHABETS.
RÈGLES D'ORTHOGRAPHE EUSKARIENNE.

Les questions qui sont à examiner, et qu'on voudrait résoudre en peu de mots, ont leur importance pour le Dictionnaire basque qui va être publié, et pour la littérature euskarienne. Mais ici, au premier pas, les épilogueurs vont nous demander pourquoi nous écrivons le mot euskarien avec un *k*, et non avec un *c*. Nous l'avons fait, parce que le nom donné par les Basques à leur idiome primitif, *euskara*, *eskuara*, *heskuara*, *eskara*, *uskara*, etc., est formé du mot *esku*, main, *eskua*, la main. L'un des jolis dialectes de cette langue dit *eskia*, à tous les cas de la déclinaison au mode définit nous ne pourrions écrire *esquia*, à côté de *escua*, sans violer toutes les règles de l'unité d'orthographe entre dialectes. En second lieu, il est de règle qu'on ne doit jamais changer, du radical aux dérivés, les consonnes caractéristiques et étymologiques. Il y a un dialecte qui dit *euskera*, langue basque, *Euskeldun*, Euskarien. Nous ne sommes pas de ceux qui écrivent sans hésiter *eusquara*, *eusqueldun*. Le *qu* et le *c* n'étaient donc pas admissibles pour nous dans toute cette série de mots, qui deviennent fort longue, si l'on y ajoute les mots formés par analogie d'idées, par comparaison et métaphore d'improvisation : le *k* seul se prête à la règle des dérivations grammaticales et à l'unité du système orthographique entre les dialectes.

Cette petite remarque ne rentre pas directement dans la discussion que nous allons aborder ; nous l'avons faite en passant, afin de prémunir les détracteurs contre la légèreté si naturelle à l'homme, qui vient chez lui d'une grande paresse d'esprit, et qui le porte à juger de tout sans examen sérieux. Les objections tirées de l'irréflexion ou de la malveillance sont faciles à trouver ; mais les décisions tranchantes qui font un terrible bruit dans les petites coteries, tombent parfois au grand jour, au soleil de la publicité. Il convient d'être toujours bienveillant et modeste, même après avoir franchi ce dangereux écueil.

Commençons par l'A B C ; et puisqu'il s'agit de chercher les règles d'un système d'orthographe euskarienne grammaticalement irréprochable, au moyen d'une petite guerre déclarée entre plusieurs alphabets, le lecteur nous permettra de faire dialoguer et de mettre en scène les signes typographiques, les lettres et caractères de ces alphabets. La séance a lieu dans une imprimerie ; les lettres simples du bas-de-casse, et même les lettres capitales du haut-de-casse rangées alphabétiquement prennent point part à la discussion ; le laquiér et le marteau gardent un respectueux silence ; la parole est aux caractères du corps, tandis que les caractères du corps, employés à l'impression des affiches les plus gigantesques. Que si, par malheur, les orateurs manquaient d'érudition et d'esprit dans une matière faite par elle-même, peu importative, le lecteur ne devra s'en prendre qu'à la grossièreté et à la pesanteur naturelle de ces caractères du corps d'imprimerie, fabriqués avec un alliage composé de quatre-vingt-quatre parties de plomb, et seize parties d'antimoine.

SÉANCE I.

Les alphabets, au moment d'entrer en séance, se saluent poliment et académique-

ment ; les caractères français montrent beaucoup de courtoisie aux lettres castillanes, attendu que ces dernières sont dames du genre féminin. Le F, H, L, M, N, R et S français se réjouissent d'avoir changé de sexe il y a un siècle, et appartienr au genre masculin : la baguette magique des lexicographes opéra cette métamorphose. L'alphabet latin ou romain, tiraillé par le genre féminin et le genre neutre, condamné à ne faire porter que des noms indéclinables à ses caractères, est fort embarrassé de sa contenance, surtout quand on lui dit à l'oreille, qu'il dérive, ainsi que l'écriture grecque, d'un mystérieux alphabet primitif, qui n'existe plus aujourd'hui que dans l'imagination savante des antiquaires : le mieux sera donc de n'en point parler. L'alphabet euskarien aurait bonne envie de dire que ces caractères primitifs furent les siens, et que l'Europe les reçut des Ibères, peuple antique et très civilisé ; mais, ayant fait réflexion que certains philologues basques, avec un enthousiasme égal à leur ignorance, ont débité là-dessus les extravagances les plus comiques, qu'ils sont tombés dans les erreurs les plus naïves et les plus ridicules, au risque de se faire siffler dans toute l'Europe par des myriades d'hommes d'esprit très inclins à la moquerie, l'alphabet euskarien, avons-nous dit, ne touche point à la question délicate de l'invention de l'écriture en Occident.

« Mesdames et Messieurs, dit-il, me préserve le ciel d'oser vous tourner en ridicule ! je suis trop peu pour cela, et je suis trop le respect qui vous est dû : mais je vous déclare, un ma qualité de patriarche très expérimenté, que les mots d'une langue n'expriment point les choses : ils n'expriment que les idées que l'homme en conçoit ; or les idées ne sont ni mâles ni femelles, elles ne peuvent avoir de genre, grammaticalement parlant. Hors de là, je vous défie de savoir me dire en quoi votre genre masculin peut se vanter d'être plus noble que le genre féminin, et en quoi consiste le plus ou moins de noblesse du genre neutre. La grammaire euskarienne, plus raisonnable que la vôtre, n'admet point de genres, elle ne reconnaît que la relation de nombre dans sa syntaxe, et mes caractères d'alphabet euskarien ne sont d'aucun sexe. Vous le savez, je vais faire mon entrée dans le monde de la civilisation moderne : l'usage veut que je sois annoncé à haute voix par les linguistes de service : toute la question est de savoir quel nom on donnera aux lettres que je renferme dans mon sein. »

Le X se lève dans son cassetin, en écartant les jambes et en élevant les bras au ciel sous forme de croix de Saint-André. — « Je propose...

Le S. — « Le X n'a pas le droit de prendre la parole ; Darrigol, dans une excellente dissertation couronnée par l'Institut de France, et à laquelle on ne peut reprocher que certaine incorrection et lourdeur de style, Darrigol, a déclaré que le X ne fait point partie de l'alphabet euskarien, et qu'on ne doit jamais s'en servir pour écrire les mots basques. J'ai dit.

Le R. — « Ma voix ressemble au tonnerre dans la phrase euskarienne : on me change en dons le roulé *r* à la fin des radicaux qu'on décline, et j'ai partout mon franc parler. Le S, soit dit entre nous, est un serpent pour la forme et pour le

caractère : il siffle toujours, et ne mord jamais que pour tuer les gens. Darrigol, qui pensait à beaucoup de choses, n'a pas pensé à tout. L'euskarien va se produire dans le monde, et l'on veut appauvrir son alphabet, comme s'il n'y avait que lui d'idiome sous le ciel ! Que fera-t-il des noms étrangers, des noms historiques, dont quelques-uns sont très célèbres ? L'auteur du Dictionnaire m'a confié qu'il tient à garder une place au X dans l'alphabet basque, jusqu'à ce qu'on lui ait indiqué la manière d'écrire sans X en euskarien, Xantipe, Xavier, Xénocrate, Xénophon, Xercès, Ximenez et autres noms historiques (Applaudissemeuts). Je prie l'alphabet basque de nous développer sa proposition. »

L'A B C à la parole.

SÉANCE II.

L'A B C. — « Vous savez que je dois mon nom aux deux premières lettres de l'abécédaire grec, *alpha*, *béta*, et que les lexicographes ont remarqué le mot latin *alphabetum* dans les écrits d'un célèbre controversiste mort au commencement du troisième siècle. Il est permis de dire que les Français, les Espagnols et les Basques n'ont pas d'alphabet proprement dit, puisqu'ils se servent des lettres romaines. Pour moi, je ressemblerai dans le Dictionnaire quadrilingue à ces divinités bizarres de l'Hindoustan qui ont quatre visages. Je m'appellerai en euskarien *Abecea*, soit que l'on désigne par ce mot la réunion des lettres d'une langue, ou l'abécédaire, petit livre où l'on apprend à lire. L'abécédaire euskarien porte, selon le dialecte, divers autres noms empruntés à la jolie vignette qui orne son frontispice, représentant l'enfant Jésus en la Croix, signe révéré de la religion des Basques, Chrétiens-Romains et bons Catholiques.

« L'honorable R a défendu avec succès les droits du X, lettre que je tiens à conserver : il m'invite à développer ma pensée sur le nom radical que je propose de donner à chacun de mes caractères, à chacune de mes lettres. Les noms des voyelles sont tout trouvés : A, E, I, O, U, Y. B en est de même pour les articulations ou consonnes dont le nom fixé par l'usage peut être conservé sans inconvénient et se termine en *i*, *e*, *a*, : B, P, D, T, G, J, K. Il y a quatre consonnes que je propose de nommer ainsi : L, *el*, N, *en*, R, *er*, S, *es* ; ces noms radicaux, selon moi, sont conformes aux règles grammaticales et au génie de la langue euskarienne. La grammaire basque possède un mode indéfini de déclinaison que nos maîtres n'avaient point aperçu jusqu'à Darrigol, et qu'il a vraiment bien expliqué en peu mots peut-être. Il en résulte que, dans cette langue euskarienne, qui n'a ni articles ni prépositions, les noms radicaux des caractères de l'alphabet sont tous déclinables aux trois modes de l'indéfini, du singulier et du pluriel. Et si l'existence si importante du mode indéfini n'a pas été soupçonnée par les anciens grammairiens, c'est uniquement parce que les indéfinis de la déclinaison euskarienne n'ont de valeur que grammaticalement en construction de phrase, sous-entendu : « un, une, aucun, aucune, quelque, certain, certaine, » etc. ; ce qui rendait assez embarrassant de les détacher et de traduire isolément les mots ainsi déclinés.

« Rien de plus régulier que de dire en euskarien, *de, dec,* d, quelque d ; *dea, deac,* le d ; *deac, deec,* les d. La similitude des terminatives *ac* étant toujours détruite quant au sens par le verbe, dans la locution à laquelle elles appartiennent, je ne m'arrêterai point à traduire ces nuances de signification grammaticale. Nous dirons à l'indéfini, *el bat,* un l, *en bat,* un n, etc. Les lettres B, P, D, V, F, G, M, ne figurent jamais à la fin des radicaux euskariens. Par ce motif, je propose d'appeler le F, *efa* ou *efa,* le M, *eme* ou *ema.* Sur tous ces radicaux, la déclinaison aux trois modes se fera selon la règle universelle. Si quelque membre de l'honorable assemblée avait des objections à faire sur cela, je le prie de rédiger une note et de la déposer sur le bureau du *Messager.* »

Le V. et le W n'accordent que peu d'attention à ce discours. L'et cætera croise les jambes en se dandinant ; le Q est mal à l'aise dans son cassetin ; le S fait des signes à ce dernier, et semble lui dire qu'avant de chercher quel nom il portera dans l'alphabet basque, l'important serait de savoir s'il est appelé à y figurer. L'A, qui est président d'âge, prend la parole par droit de primauté et d'ancienneté; ainsi le veut le règlement des séances. Il fait un discours où il ne parle que de lui-même : de tous les sujets d'éloquence, le moi est celui qui est le plus agréable à tous les orateurs d'ici-bas.

— Je suis, dit-il, la première lettre de tous les alphabets, et le premier mot radical de toutes les langues de la terre. L'enfant qui vient de naître, crie et pleure à son entrée dans cette vallée de larmes ; mais la pensée, qui ne brille point encore en lui, n'a aucune part aux cris instinctifs que la douleur lui arrache : son premier mot, sa première parole est A ; vous savez tout aussi bien que moi quelle est l'idée que ce radical exprime, et vous comprenez parfaitement l'importance du rôle que je joue dans la déclinaison euskarienne. C'est par moi, c'est en dessinant une bouche ouverte à angle droit, que les Euskariens commencèrent l'invention de leur écriture primitive. Par malheur, il ne reste plus trace ni vestige des poèmes que les Ibères de la Bétique possédaient il y a deux mille ans, et auxquels ils attribuaient une haute antiquité. J'avais à peu près la même forme qu'aujourd'hui et ce temps-là ; mais le grand âge affaiblit la mémoire des hommes et celle des alphabets, et il me serait impossible de vous raconter ici sans préparation l'histoire de mon enfance.

— J'aurais beaucoup de choses à vous dire là-dessus ; de cette discussion , plus intéressante que savante dans ma bouche, ressortirait la possibilité d'apprendre à parler aux sourds de naissance, pour lesquels on n'a su inventer dans le langage des signes en Europe, quoiqu'ils ne soient pas muets dans les Provinces basques et dans quelques autres parties de la terre. J'ai lu, et je sais par une expérience séculaire, qu'il n'est pas très difficile d'apprendre à un sourd de naissance, par le seul mouvement des lèvres, à comprendre les paroles qu'on lui adresse, et à répondre pertinemment par des mots dont le son n'arrive jamais à son oreille. Vualis, mathématicien d'Oxford, et, il y a deux siècles, l'éducation de deux jeunes Anglais sourds de naissance, auxquels il apprit à parler avec esprit. Digby cite un autre sourd de naissance qui parlait à merveille, et si bien dressé par son professeur, qu'il devinait les mots d'une langue inconnue, et parvenait à les répéter ou à les écrire, rien

qu'à regarder attentivement ceux qui lui parlaient. Beaun a écrit un long traité sur l'art d'apprendre à parler aux sourds de naissance. Je reviendrai sur ce beau problème et sur cette précieuse méthode, dont la simplicité de l'alphabet euskarien rend l'application beaucoup moins difficile qu'on ne le supposerait.

« Ceux qui n'ont jamais entendu parler de l'unité parfaite et de la merveilleuse régularité de la déclinaison basque, ceux qui ne savent point que la particule *a* est le signe caractéristique du mode singulier de cette déclinaison pour tous les mots de la langue, s'imaginent que tous les mots euskariens se terminent en *a.* Rien n'est moins fondé que cette opinion. Sur 500 noms euskariens, on n'en compte qu'une trentaine qui finissent par cette voyelle; et l'on retranche de ce petit nombre les désinences formées par les particules purement grammaticales, *ca, va, ara, ta, lara, tra, za, tza, goa, gua, dura, tara,* etc., le nombre des radicaux euskariens terminés en *a* est infiniment petit ; tandis que le latin, par exemple, en compte 3,195 pour les vocatifs classiques en *a* de sa première déclinaison. Je ne fais point entrer dans ce chiffre les mots de la basse latinité. Dans le petit nombre de mots basques qui ont le radical terminé en *a,* comme *aita,* père, *ama,* mère, *arreba,* sœur du frère, etc., l'a devient long au nominatif du singulier, comme s'il y avait *aitaa, amaa, arrebaa.* Je propose de mettre sur mon front, à titre de voyelle contractée, l'accent castillan *á,* pour marquer le cas du mode défini, *aitá,* le père, *amá,* la mère, *arrebá,* la sœur du frère. Qu'en dit la docte assemblée? »

Ce point d'orthographe euskarienne est adopté par acclamation.

Le H aspiré et l'esprit rude des Grecs demandent la parole. On sait que le mot esprit, terme de grammaire, veut dire aspiration.

SÉANCE III.

Le procès-verbal de la séance du 14 est lu et approuvé. Le S, avec cet esprit vétilleux qui est chez lui l'indice d'une malignité incurable, fait observer qu'un œ s'est glissé au lieu et place d'un æ, dans le compte-rendu des journaux, et que, quoique ces deux lettres se prononcent comme l'é français, cette substitution ne saurait être approuvée par des critiques plus ou moins savantes mais consciencieuses, qui se piquent de mettre toujours les points sur les i. Il est ensuite donné lecture de la démission présentée par la lettre Q ; cette démission n'est point acceptée, par l'excellente raison que, si l'on bannissait le Q de l'alphabet euskarien, les Basques ne sauraient plus comment écrire historiquement et étymologiquement les noms de Quellinus, Saint-Quentin, Du Quesne, Du Quesnoy, Quevedo de Villegas, Quicault, Quinte-Curce, Quintilien, né en Navarre et professeur d'éloquence à Rome sous les règnes de Galba, Vespasien et Domitien ; Quintilien critique sensé, grammairien parfait, écrivain doué d'une imagination très vive et brillante, mais dont le style et les idées manquent parfois de précision et de profondeur. L'Y dit d'un ton magistral, que l'on ne doit point repousser le *qu* de l'orthographe euskarienne, et que, puisque l'on s'occupe très sérieusement de donner aux Basques un dictionnaire national , il serait honteux de ne laisser à ce peuple antique, autrefois si civilisé, qu'un alphabet de Welches et de Barbares.

La parole est à l'esprit rude des Grecs.

— « Je suis, dit-il, un esprit rude, en terme de grammaire française, une aspiration forte; la prononciation que je représente, répond à

celle du H aspiré. Vous me direz que j'ai tout l'air d'un intrus parmi les lettres euskariennes, avec ma figure d'un petit c placé sur les voyelles et les diphthongues initiales. Je vous répondrai que j'ai été appelé à faire partie de l'alphabet basque il y a près de deux siècles, par Arnaud Oihenart, avocat au parlement de Navarre , éditeur estimé d'un joli recueil de *Proverbes Basques,* et auteur de l'excellente *Notitia utriusque Vasconiæ* et de quelques chansonnettes. La reconnaissance que je dois à ce bon Oihenari, me donne le droit d'entrer dans quelques détails biographiques : il naquit à Mauléon en Soule, dans la maison Oihenartia , qui a changé de nom, et dans la même chambrette, dit-on, où l'auteur du Dictionnaire qui va être publié, a passé son enfance sous l'aile de sa grand'mère. Il existe, à la bibliothèque impériale de Paris, un volume in-4° de 410 pages relié en parchemin , qui faisait autrefois partie de la bibliothèque de Colbert, sous le titre de vocabulaire basque de Silvain Pouvreau , prêtre du diocèse de Bourges. À la copie in-folio, très incomplète et reliée en maroquin rouge, de ce manuscrit, sont jointes des notes et observations judicieuses adressées à l'auteur par Oihenart. Je dis ceci pour vous prouver que la pensée d'un bon Dictionnaire basque ne date pas d'aujourd'hui, et que l'on y travaillait à Mauléon, il y a deux cents ans.

« Je ne sais plus quel sénateur, homme d'esprit, disait à l'empereur de Rome : — Vous pouvez donner le droit de bourgeoisie à un étranger, à une province, à un peuple ; mais c'est un privilége que vous ne sauriez accorder dans votre belle langue latine à quelque mot barbare ou nouveau. » Le vénérable Larramendi a la gloire d'avoir trouvé deux noms basques, il y a un siècle : pour le tabac à priser, *sirrauts ;* et pour le nez de bronze où l'on met de la poudre qui fulmine en gargousses , *sutumpa ,* canon ! Oihenart, plus modeste, s'est contenté d'introduire l'aspiration grecque ou esprit rude dans l'édition de ses proverbes et chansonnettes. Voilà sur quoi je viens appeler votre attention. Cette innovation n'eut pas tout le succès qu'elle méritait, et n'obtint pas l'approbation générale : ce n'est donc pas un droit acquis que j'ai la prétention de défendre, et ce droit, je n'y tiens guère ; le rôle que vous m'imposeriez ne me plairait pas trop, séparé que je me verrais de l'esprit doux qui ne se faisait point sentir en prononçant. Vous me mettriez en guerre ouverte avec les dialectes navarrais, toujours un peu revêches et intraitables ; je ne me charge point de les mettre d'accord avec les grands dialectes espagnols, biscayen, et guipuzcoan. On sait que les Euskariens de la Péninsule n'articulent jamais les voyelles avec l'aspiration rude et forte du H ; ce qui donne aux dialectes espagnols une grande suavité de prononciation , surtout dans la bouche des dames. Les Biscayennes et Guipuzcoanes, fières Basquaises, que les auteurs et libraires de Paris font figurer à la tête des plus belles et jolies femmes de l'Europe dans leurs éditions illustrées, attachent un prix singulier au privilége de douceur que leur gosier tient de la nature; et, pour tout l'or du monde, on ne leur ferait pas prononcer un H ! L'harmonie est de ce côté, et il semble donner raison aux étymologistes qui font venir du mot *kanta,* chant, chanter, le nom de Cantabrie. Les Vascons ou Navarrais soutiennent de leur part, avec quelque apparence de raison, que cette mélodieuse prononciation manque d'expression, d'énergie, et, ce qui est plus grave, que l'absence du H nuit à la clarté du discours, en ce qu'elle force d'attacher quelquefois trois ou quatre significations différentes à des mots radicaux écrits et prononcés de la même manière. Toute la difficulté est là, de savoir si l'auteur du Dictionnaire basque sera dans l'obligation de mettre, pour les Biscayens et les Guipuzcoans, par A, E, I, O, U, les syllabes initiales des mêmes mots que les Vascons ou Navarrais retrouveront imprimés en Ha, He, Hi, Ho, Hu, selon les règles particulières de leur prononciation et orthographe. L'auteur se déclare d'avance pour l'affirmative; moi, l'esprit rude de l'alphabet grec, je me présente en conciliateur entre les divers dialectes euskariens, et je propose de ne point donner de place au H dans l'ordre alphabétique du Dictionnaire. A quoi bon le H, quand il m'est si facile de le remplacer sur les voyelles au commencement et au milieu des mots navarrais, en guise de pompon ou cocarde! Cet esprit, rude pour les Navarrais, deviendra un esprit doux en Cantabrie; il ne s'agit que de tomber d'accord sur la double valeur d'un signe d'aspiration, selon les provinces et les dialectes. Le moyen terme imaginé par le docte Oihenart a pour lui la clarté, la simplicité, l'unité, conformément aux règles d'une bonne méthode d'orthographe; la suppression d'une lettre devenue inutile, produira une petite économie de livraisons pour messieurs les souscripteurs; on évitera d'imprimer de deux façons différentes les mêmes mots d'une langue; messieurs les philologues auront la satisfaction de pouvoir embrasser d'un seul coup d'œil, dans la même livraison et dans la même page, chaque radical euskarien et ses dérivés innombrables : foi d'esprit rude, ce système d'orthographe souletine est préférable à tout autre, et je le trouve parfaitement rationnel. » (Applaudissements.)

Le S gagne la tribune en serpentant, et dit d'une voix sifflante :

— « Je pense que le H n'est point de la famille de ce Navarrais bataillleur à qui il suffisait d'entendre dire oui, pour répondre non; il avait fait graver sur son écu, en lettres d'or, cette devise menaçante : Baietz, que si, Ezetz, que non; et quand il le disait : Quelle heure est-il? les gens paisibles répondaient prudemment : L'heure qu'il plaira à Votre Seigneurie. Pour moi, je suis de l'avis de l'esprit grec en matière d'orthographe : il n'est point d'accommodement avec les principes; ils doivent faire loi, et toute règle d'innovation ou de réforme fondée sur la raison, doit prévaloir sur la coutume et l'usage. Je vote pour l'esprit rude contre le H. »

Le H se pose carrément dans son cassetin, et sourit en croisant les bras; il tire des profondeurs de sa poitrine des sons caverneux, et avec des aspirations si fortes, que l'éclat de chaque voyelle, ainsi prononcée, donne un terrible frisson à l'orateur qui vient de descendre de la tribune.

— « Je dis que non; et voilà mon exorde. N'est-il pas vrai que tous les dialectes euskariens ont un trésor commun de radicaux et de mots dans lesquels les voyelles se prononcent sans aucune aspiration forte? Là n'est point la difficulté. L'aspiration a pour but de différencier, par la prononciation, des mots semblables qui n'ont pas la même signification.

Tous les dialectes disent ari, radical exprimant l'idée de tout mouvement, de toute action déterminée par un nom décliné en construction de phrase : ari da, il est faisant (ce qu'on dit au participe conjugatif et décliné). Ari se décline au mode indéfini : Ariz ari, par faire, en faisant, à force de faire, d'être faisant. On forme par terminative le dérivé aritze, qui se décline à l'indéfini et au mode

singulier : aritzean, dans le faire, en faisant; aritzearekin, avec le faire, en faisant. Mais, quand le dialecte espagnol dit ari, fil, ariz, de fil, en fil, par fil, aria, le fil, etc., le dialecte navarrais fait hari, hariz, haria. Le même dialecte espagnol dit ari, mouton, ariz, par mouton, de mouton, aria, le mouton. Ici le navarrais redouble l'a radical avec une aspiration sur la deuxième voyelle, ahari, aharia. L'art avec lequel le dialecte vascon évite de confondre par la prononciation et l'orthographe trois radicaux formés des mêmes syllabes a, ri, est éminemment utile à la clarté de la langue et du discours; il ne se peut rien imaginer de plus ingénieux, de plus correct et grammatical que cette variété savante. Je pourrais vous citer cent exemples du même genre; mais j'en ai assez dit pour prouver l'incontestable utilité des voyelles aspirées. Le S ne voit que les voyelles initiales : ira-t-il écrire pour les Navarrais le mot oâri, avec l'esprit rude sur le second a? Son embarras ne serait pas moindre au milieu des mots où l'esprit rude devrait se placer sur la troisième voyelle, après une diphthongue : auèn, soupir, auâri, aiâri, souper, selon le dialecte qui ne dit pas afari. Les Basques de la Navarre trouveront plus rationnel d'écrire auhen, auhari, aihari. A quoi ressemblerait l'esprit rude placé devant les lettres capitales A, E, I, O, U, pour dire Ha, He, Hi, Ho, Hu? Voudrait-on condamner les vieillards à étudier un alphabet dont ils n'ont jamais entendu parler, et à chercher des mots qu'ils ne sauraient pas lire, dans un Dictionnaire national où des novateurs aventureux auraient renversé et détruit tout ordre alphabétique? Je n'aime point les esprits à double face, ni cet esprit grec, doux en Espagne et rude en France. Les Euskariens se servent des lettres romaines; les Vascons ne connaissent que le H aspiré, et je ne veux céder à aucun prix à l'esprit grec le rôle important que j'ai joué jusqu'ici dans la prononciation et l'orthographe de leurs dialectes. L'usage navarrais, fondé sur une loi grammaticale et philologique, est d'autant plus vénérable qu'il est immémorial, et que l'écriture est faite pour parler aux yeux. Dans un Dictionnaire où chaque mot euskarien paraîtra escorté de tous les mots qui y correspondent dans les divers dialectes de la langue, les linguistes trouveront à la suite de tout radical la chaîne brillante de ses dérivés. »

En terminant ce discours, le H aspiré boit un verre d'eau sucrée; et l'assemblée décide, par assis et levé, que l'esprit rude des Grecs ne pouvant être d'aucune utilité à l'alphabet euskarien; le H romain représentera seul l'aspiration navarraise dans le Dictionnaire quadrilingue.

SÉANCE IV.

Le Que français est à la tribune pour un fait personnel.

— « Estimables caractères d'imprimerie qui m'écoutez, dit-il, j'ai la satisfaction de vous annoncer que le public, ce patriarche aussi ancien que toutes les lettres de l'alphabet, et non moins vénérable, daigne prendre intérêt à nos conférences. Il sait rendre justice; et il se plaît à reconnaître que les débats sont conduits avec la gravité que comporte une matière aussi importante. Chacun de nous comprend très bien que les questions qui sont agitées dans cette enceinte peuvent être une question de vie ou de mort pour lui. Je suis qu'un pronom relatif ou absolu, conjonction ou adverbe, selon la phrase; mais le triomphe du H navarrais m'a fait grand plaisir. Je me réjouis de penser que les Euskariens

n'ont pas voulu renoncer à écrire correctement les grands noms historiques en général, et en particulier les noms des 246 auteurs français commençant par un H muet ou aspiré. C'est encore ainsi que les Navarrais conserveront aux auteurs basques du nom de Basques les noms qu'ils portaient et qu'ils porteront toujours dans nos dictionnaires biographiques : Harriet, auteur d'une petite grammaire imprimée à Bayonne en 1741; de Béraubérs, auteur des Éléments de Cavalerie; Jean Huarte, natif de Saint-Jean-Pied-de-Port, auteur de l'Examen des Esprits, 1640, in-12, édition de Cologne; ouvrage écrit en castillan, et que les Espagnols avaient à peine lu à l'époque où sept traductions brillantes mettaient l'auteur en réputation dans tout le reste de l'Europe. Mais il ne s'agit plus de tout cela. Je ne voulais faire rectifier un fait personnel dans le compte-rendu de notre séance du 19. Le H avait fort bien fait son emploi dans l'orthographe euskarienne est protégé par une loi grammaticale et philologique; les journaux en ont mis philologue. Je réclame mon adjectif français et mon ique, syllabe terminale dérivée du latin. » (Adopté.)

La parole est au B; le P, le V et le G sont au pied de la tribune, l'U fait un signe amical à l'orateur.

— « L'homme, dit-il, est un animal déraisonnable, qui chante volontiers et parle beaucoup, tout naturellement. Ceux qui n'ont jamais été voyelle ou consonne, et qui ne savent pas quelle incroyable consommation de sons et d'articulations il se fait en un quart d'heure, dans le milliard de bouches qui peuplent le globe, ne comprendront pas la portée de ce que je vais dire. Ils s'étonnent de ce que l'homme parle en mille langues sur la terre! Je serais infiniment plus étonné qu'il ne parlât pas, bien ou mal : il est beaucoup plus facile de le faire parler que de le faire taire. N'êtes-vous pas de mon avis? (Oui! oui!) Et quelles sont les malheureuses victimes de cette loquacité formidable? C'est nous! (Explosion de bravos.)

« Raisonnons un peu. Le chant simple fait partie du langage affectif : dans la voix musicale et modulée de l'homme qui chante, les sons n'ont besoin d'être modifiés que par la forme, les dimensions et la qualité plus ou moins vibratile du tuyau vocal; ce qui n'a point lieu pour la parole. Les voix simples de l'alphabet, A, E, I, O, U, sont produites de la même manière que les sons modulés, par la seule disposition et dilatation du tuyau vocal : elles appartiennent à la voix modulée ou musicale : c'est un hommage que je me plais à rendre aux cinq voyelles, sans compter le double i grec, Y. Les voyelles sont l'harmonie du langage humain, comme les consonnes en sont la partie expressive et significative. Il y a dans l'homme la voix chantante ou modulée, et la voix articulative ou parlante; la première fait passer les sons d'un degré à un autre, et le chant dans des tons différents; la seconde ne marque rien autre chose que la prononciation des syllabes, et par conséquent des mots dont l'homme se sert pour exprimer ses idées, sa pensée. Dans la parole, la colonne d'air expiré est brisée volontairement au-delà du larynx, afin d'imprimer aux sons des voyelles un certain nombre de variétés d'articulation auxquelles l'esprit attache autant d'idées spéciales. C'est pour cela que les lettres qui représentent ce brisement de la colonne d'air ou articulation des sons, sont été appelées grammaticalement articulations ou consonnes. Pour moi, j'appartiens au premier ordre des consonnes muettes, ainsi qualifiées, parce qu'en essayant de les articuler sans voyelle, il est impossible, de faire entendre aucun son. Resserrez préalablement la cavité buccale qui se dilatera ; que l'ouverture des lèvres ainsi fermée se rouvre tout-à-coup pour permettre l'explosion de l'air expiré, et vous prononcerez les trois consonnes labiales, B, P, Phé, la première, douce ; la seconde forte, la troisième aspirée, mais à laquelle il manque un signe particulier dans l'alphabet euskarien, latin, castillan et français. D'illustres médecins, qui ont savamment écrit sur les fonctions dépendant du système nerveux, comme la parole, ont dit que le V français est produit de la même manière ; mais le V est une consonne labiodentale, sifflante douce, dont le F est l'articulation forte, par un jeu dans lequel les dents supérieures remplacent la lèvre supérieure. Le F n'est euskarien que dans un petit nombre de mots onomatopéiques ; presque partout ailleurs cette consonne initiale indique un mot emprunté par néologisme à quelque langue étrangère. Quelquefois il joue le rôle du P dans quelques dialectes, et celui du H aspiré : auher, aiper, affer, paresseux, se ; Nefar, Nafar, Napar, Navarrais, se.

— Le F, à sa place : — « En peu de mots, voilà toute mon histoire, et il ne restera plus rien à dire sur mon compte dans ces conférences. Ce que je demande, c'est qu'on me débarrasse au plus vite du voisinage du V français, castillan ou latin, consonne douce qui ne représente aucune articulation euskarienne. Darrigol a prouvé qu'on ne doit jamais l'employer dans les mots basques.

— Le F. « Le F a raison avec Darrigol. Le vau des Orientaux, devient ouaou ou baou en prononciation. Les Grecs donnaient au V latin le son du F, quand ils ne le remplaçaient point par un ou voyelle ou par un b : Severus, Seoueros et Seberos ; Servius, Seroulos, Serbios, etc. Le V français a une prononciation toute moderne, à ce que disent les plus habiles philologues. Le nom du Dieu Vaticanus, qui avait pour fonction de délier la langue aux petits enfants, était appelé Ouaticanous ou Baticanous par les Romains : la syllabe oua, suivant qu'elle est prononcée gutturalement ou labialement, donne ga et ba. C'est ainsi que le W se change en G dans Willaume, Guillaume, Waiffre, Gaiffre, etc., et qu'en euskarien le V, comme voyelle primitive des Romains, équivaut à l'U latin et castillan. Le V devenu consonne se confond avec le B, selon les anciens auteurs latins, qui écrivaient indifféremment biginti et viginti, bita et vita. De même les auteurs biscayens écrivent encore vicia, la vie, et prononcent bicia. Le prêtre Etcheberri, bon versificateur, mettait en 1630 v pour u ; vntci, vase, vitz, laisser, vndin, bleu-rougeâtre, vme, enfant, animal nouveau-né, petit. Longtemps avant lui, le Barde guipuzcoan chantait : « Mila urte igaro ta, ura vére videan, mille ans (sont) écoulés et l'eau (des rivières coule) dans son chemin. » Il est temps de mettre un terme à cette bigarrure, qui ne doit plus défigurer l'orthographe euskarienne. Je propose de ne pas admettre le V, français ou latin dans le nouvel alphabet basque, ou du moins, d'établir pour règle, qu'on ne se permettra jamais de le glisser au commencement ou au milieu des mots dont l'origine euskarienne ne saurait être contestée. »

Ce projet de loi est mis aux voix et adopté à l'unanimité : le V lui-même jette un coup de blanche à la loi de proscription qui le frappe, et qui aura pour conséquence forcée l'exclusion du W. Ce dernier se veut point quitter la partie sans dire quelques paroles et faire entendre le chant du cygne avant de mourir : car il y a une variété de cygnes qui ne sont pas

des oisons et qui chantent, ainsi que cela est prouvé par la conformation de la trachée-artère et du bréchet de ce bel oiseau.

— « Je n'ai aucun droit de faire partie de l'alphabet euskarien. Si je demandais à l'auteur du Dictionnaire quadrilingue comment il entend écrire en euskarien les 1157 noms géographiques les plus connus, qui commencent par W, Washington, Wustrow, Wurtemberg, etc., il répondrait sans hésiter, par U, B, ou G, Basington, Gustrof, Urtembriga : l'usage populaire et le bon goût des auteurs euskariens pourront fixer sur ce point, avec le temps, les règles de l'orthographe nationale. Le lexicographe oserait même soutenir que les villes espagnoles de la seconde antiquité dont le nom se termine en briga, Lacobriga, Bolobriga, Nemetobriga, etc., eurent d'abord une terminaison celtique en berg, borg, burg, changée en iga, aga par les Ibères, parce que cette dernière terminaison, qui n'a rien de celtique, est plus douce, et parce qu'elle pouvait seule rendre ces noms de ville déclinables en euskarien. Que si l'on objecte au lexicographe plus de 150 noms littéraires ou historiques : Albert Walstein, un héros ; Walton, éditeur de la Bible polyglotte : Warin, sculpteur célèbre et graveur du sceau de l'Académie française sous le cardinal Richelieu, véritable chef-d'œuvre ; Witikind, prince saxon contemporain de Charlemagne, etc. ; notre auteur ferait à ce sujet la même réponse que pour les noms géographiques, alléguant sans nul doute qu'il n'a pas l'ambition de fondre des vocabulaires biographiques et géographiques dans le Dictionnaire quadrilingue, et que cette question d'orthographe, toute résolue d'avance, doit être mise de côté, quant à présent, avec tout le respect qu'on lui doit.

« Quant à mon sort, vous venez de le fixer ; je changerai de casse ; et c'est sans amertume que je fais à l'alphabet euskarien mes adieux. Mais, avant de partir, permettez-moi de vous dire quelques mots en faveur du V, que la douceur de son caractère et son extrême modestie empêchent de parler. Vous ne l'ignorez point, il y a dans la langue vasco-cantabrique quelques mots d'origine latine, qui commencent par un V, par exemple le mot Vascon, en latin Vasco, nom que les Navarrais portent dans l'histoire. La vierge Marie est appelée en euskarien Maria Virginia, Virginea, d'un mot incontestablement latin, que le dialecte change en Bersina. Que vous rappellerai-que les Romains eux-mêmes changeaient le V, semi-voyelle et consonne, en B dans leurs manuscrits et en prononciation. Que le V soit donc conservé dans l'alphabet euskarien au même titre, et l'on permettra aux auteurs de s'en servir au lieu du B, dans les mots latins dont ils voudront constater l'origine étymologique : voilà tout ce que je propose. La suprématie du B est évidente ; je n'attaque point la préférence qu'on doit lui accorder. Le B nous a très bien expliqué de quelle façon on l'articule et prononce avec les deux consonnes-muettes correspondantes : la forme qu'il reçut dans l'écriture primitive des Euskariens, est le dessin parfaitement exact de ce jeu buccal et labial. Cette leçon et celle qui nous a été donnée par l'A suffiraient à faire comprendre à un sourd-muet de naissance intelligent, qui parle par signes et qui lit des yeux, comment il faut s'y prendre pour dire baba, papa, phapa, trois mots euskariens. Je ne suis point de l'avis des médecins illustres de notre époque, lesquels ont regardé les exercices de ce genre comme fournissant des résultats moins utiles que curieux, parce qu'ils ont perdu de vue le grand, l'immense résultat que la seule nature en obtient chez quelques

peuples et en diverses langues de la terre. Ceci posé, j'ai un dernier argument à produire en faveur du V.

— Les Basques respectent profondément l'usage : l'on sait très bien, et cent batailles l'ont prouvé aux peuples leurs voisins, que les usages transmis aux Euskariens par la sagesse de leurs ancêtres, sont le fondement de leurs lois civiles et politiques, qu'ils appellent leurs Fueros ou For national. Je ne prétends point assimiler à ces inviolables lois de la belle nature, fille de Dieu, quelques règles d'orthographe. Disons seulement que l'usage du V-B latin a prévalu dans un grand nombre de familles euskariennes : tel Navarraix de France écrit son nom et signe Etcheverri, tel Basque espagnol, Echavarria. Ces noms appartiennent ou peuvent appartenir un jour à l'histoire nationale, ainsi que beaucoup d'autres qu'il n'est pas besoin de citer. En dehors de cette supposition, je crois pouvoir dire qu'il faut respecter les signatures et l'orthographe établie depuis des siècles peut-être, — par cela seul qu'elle est sanctifiée par l'usage, par les actes civils et publics. L'alphabet euskarien vous rappellera ou vous apprendra qu'il y a en Biscaye, en Guipuzcoa et en Navarre, telles maisons patriarcales auprès de qui les Valois, les Capétiens et les Karolingiens, s'ils revenaient au monde, ne se produiraient que des titres de noblesse assez modernes, tout resplendissants de gloire qu'ils le sont. Mme de Créqui, qui se vantait d'être de bonne maison depuis trois ou quatre siècles, ainsi qu'une douzaine des premières familles de France, ne montrait en cela qu'une grande naïveté d'orgueil aristocratique : tel paysan du Guipuzcoa aurait pu lui dire, en lui montrant ses armoiries antiques : Belle et spirituelle marquise, vous ne datez que d'hier ; je vous plains d'appartenir à une race de gens mortels du vilains peut-être, il y a quatre cents ans. » (Explosion de bravos et de rires ironiques dans les cassetins.)

L'assemblée décide, en riant, que l'amendement favorable au V-B sera pris en considération. La gaîté des caractères est à son comble ; les éclats de rire, les chuchotements et les cancans typographiques allant leur train, le président d'âge aurait bonne envie de suspendre la séance, lorsque le C, le K, le Q et le Z demandent la parole avec autorité. Il s'établit aussitôt un profond silence : tout fait pressentir que les débats vont commencer à devenir orageux.

SÉANCE V.

Le Z fait son ascension à la tribune, avec une rapidité électrique.

— « Je suis, dit-il, la sixième lettre de l'alphabet grec ; je marche en faisant des zigzags, par lignes qui forment des angles très aigus, et je ne conseille à personne de se mettre en travers sur mon chemin, pas même au H navarrais, que j'ai vu froncer le sourcil à mon apparition. Je sais qu'il a beaucoup de tendresse pour le C latin, pour cause, et qu'il se propose de me faire une rude guerre. Le K ne lui est pas moins utile que le C : rira bien qui rira le dernier. Les lexicographes prétendent que je ressemble aux éclairs ; mais je ne crois pas que les inventeurs de l'écriture primitive se soient amusés à dessiner les traits de feu, les carreaux mortels du fluide électrique sortant de la nue avec d'horribles détonations pendant l'orage, pour donner cette forme éblouissante à l'une des consonnes de leur alphabet. Les lexicographes font aussi remonter l'origine du S au tonnerre : c'est une gloire que je lui abandonne volontiers, car je ne liens pas le moins du monde à représenter dans l'écriture les sinuosités de la foudre. A vrai dire, si j'examine les mots par lesquels les Euskariens, les Hindoustans et les Latins désignent le serpent, *sugue*, *sarpam*, *serpens*, en castillan *serpiente* et *sierpe*, je penche à croire que le S ressemble à un serpent qui siffle. Contentons-nous de reconnaître que le S et le Z sont deux articulations sifflantes, produites avec une brusque interruption de l'air expiré, par l'application de la langue contre la voûte palatine : je n'ai point dit palatale, à cause de mon respect pour le vocabulaire des anatomistes. Si le S avait quelque observation à faire, je l'engage à parler tout de suite; je n'aime point à être interrompu dans mes discours, et j'ai beaucoup à dire en ce moment.

Le S. — « J'ai quelque ressemblance avec le *ssa* sanscrit. Pour ne pas sortir des questions à résoudre, j'éviterai de couvrir mon ignorance d'un faux vernis d'érudition pédantesque; je ne rechercherai point si les Latins et les Grecs empruntèrent au non leur S et sigma aux Euskariens. La vérité est que j'ai dans l'alphabet basque une prononciation toute différente de celle du S grec, latin, castillan et français : sur ce point le Z et le C ont un rôle à jouer, que je me garderai bien de leur disputer, dans l'orthographe euskarienne. Le sifflement palatal, grave, plein, si je me le représente en prononciation, est comparé par Darrigol à celui du *ssode* chaldéen. Vous comprenez, estimables caractères d'imprimerie, que je n'irai point ressusciter ces Chaldéens vénérables, pour leur demander leur avis là-dessus. Les Castillans prononcent sans effort le S euskarien, les Français ne l'articulent pas très bien et disent *rh* : mais nous savons que l'auteur du Dictionnaire quadrilingue aplanira cette petite difficulté par une simple règle de prononciation formulée en quatre lignes. Voici quelque chose qui embarrassant pour le lexicographe : le S, qui est mon sifflante forte dans la plupart des dialectes euskariens, devient quelquefois doux entre deux voyelles, en dialecte navarro-souletin. Le S doux n'a pas de caractère qui le représente dans l'alphabet basque, et le Z, sifflante toujours palatale et forte, ne peut convenir à cette articulation! Comment faire? Faudra-t-il mettre un *ss* entre les voyelles et écrire *chahutassun*, propreté, pureté, comme Etcheberri et les anciens auteurs navarrais, en réservant le S pour l'articulation douce? Larramendi écrit *chau-tasun*, et les Basques-Espagnols repoussent avec raison le *ss* entre voyelles dans leur orthographe. Le lexicographe doit se tirer de ce faux pas: il se propose d'écrire *arrosa*, rose, pour tous les dialectes, en laissant aux intelligents Souletins le soin de prononcer cette consonne avec toute la suavité palatale qu'il leur plaît d'y mettre. (Voix nombreuses : Sans doute! sans doute! très bien!) Quant aux doctes lexicographes qui me font descendre d'un éclair dans l'alphabet, je les félicite de leur érudition fulgurante. Trop de science dispense quelquefois d'avoir un peu de bon sens et d'esprit. Je ne dis point ceci pour le Z: je respecte profondément ses opinions : je me veux ni ne dois prendre aucune part au débat qui va s'engager. Le Z croit que je ressemble à quelque serpent : il a raison peut-être ; mais ne réveillons pas le dragon qui dort, car celui-là vomit, aussi des flammes et frappe comme l'éclair. Respectons les convenances parlementaires; le premier qui s'est écartera, je le piquerai je le brûle : il est sûr d'être dévoré. (Rires et applaudissements.) »

Le Z. — « Je prie l'honorable membre de ne pas s'endormir dans son casselin, et de donner

son avis quand il le jugera convenable ; il a des lumières qui ne sont pas à dédaigner. Pour moi, je viens réclamer la place qui m'est due dans l'alphabet euskrien ; c'est aux auteurs de toutes les provinces, que je m'adresserai pour l'obtenir. D'admirables livres ont été publiés jusqu'ici, qui ne perdent rien de leur prix pour avoir été imprimés selon l'orthographe particulière à chaque dialecte et province. Cette orthographe, on doit le dire, manque d'unité, de régularité; elle n'est pas grammaticalement correcte. Les Biscayens et les Guipuzcoans ont besoin de changer la leur, aussi bien que les Navarrais; il y a des concessions mutuelles à se faire. L'auteur des chants intitulés *Eskaldunac* (*), barde inspiré, brillant poète, a pris les devants, dans cette adoption d'inévitables réformes. Heureux le Z, s'il obtenait le suffrage de l'élégant traducteur (**) des Fables de La Fontaine, du Delille labourdin ! (Applaudissements unanimes.) »

« Il est de l'orthographe euskarienne comme du froment, toujours mêlé d'un peu d'ivraie. Les Euskariens donnent à ce mauvais grain les noms de *serogarri* et *tolloa*, parce que l'ivraie est l'opium des poules, et que l'intéressante volatile tombe dans une sorte de léthargie après en avoir mangé; ils l'appellent encore *iraca*, *zalke*, *zalgui*; d'où le nom d'un joli village de la Soule, *Zalguice*. Nous verrons en temps et lieu si je ne pourrais pas expliquer grammaticalement le C de la dernière syllabe : je me contente de proposer qu'il soit désormais interdit aux auteurs navarrais d'écrire *zalgui* au lieu de *zalgui*; étant prouvé que, dans les provinces espagnoles où réside la majorité de la nation euskarienne, les Biscayens et les Guipuzcoans ont toujours écrit *zalke*. J'espère qu'aucun caractère typographique n'élèvera la voix en faveur du Ç, et ne voudra s'opposer à cette petite réforme de l'orthographe navarraise. »

Le H. — « Que si, que si! Je m'oppose formellement à l'innovation proposée par le Z; je défendrai les droits du C et du Ç jusqu'au dernier souffle d'aspiration. »

Le Z. — « En ce cas, terrible H que vous êtes, je vous conseille d'acheter des pastilles de jujubes; et prenez garde de vous enrouer ! Je prévois que vous allez faire une prodigieuse consommation de verres d'eau sucrée dans l'imprimerie, pourvu toutefois qu'un souffle d'air trop brusquement expiré ne vous étrangle pas ! pour ce que vous ne mouriez pas de mort subite, suffoqué entre nos bras ! Ne préparez, pas ce triomphe à l'esprit rude des Grecs ! Ah ! c'est donc à toute la reconnaissance que vous me gardiez, pour le cornet de dragées que j'avais mis dans votre cassetin avec ma carte, en l'honneur du premier de l'an ! Ingrat que vous êtes ; et méchant grammairien! Que les Français écrivent par un *c* ce mot dérivé de *France*, ils en ont le droit, et ne font qu'observer en cela une loi d'étymologie, dans une langue qui ne prononce pas en général les mots comme on les écrit; mais l'orthographe euskarienne, qui au mépris des règles grammaticales les plus inviolables, sans égard aux principes d'une méthode unitaire et correcte doit-tous les auteurs basques devraient s'empresser d'adopter, à quelque province qu'ils appartient! La cédille, petit crochet qu'on met sous dessous de *c* en France, devant les voyelles *a*, *o*, *u*, lorsque le *c* doit se prononcer, non comme *k*, mais comme *s* dor, est un signe orthographique inventé par

(*) L'Abbé J. M. Hiribarren.

(**) L'Abbé Goybetche.

les Espagnols, qui même ne s'en servent guère. Que me parlez-vous de ce C, articulation sifflante devant *e*, *i*, et gutturale forte devant *a*, *o*, *u* ? L'usage des Latins ne m'empêchera pas de vous dire que ce double emploi d'un caractère pour deux articulations très différentes l'une de l'autre, usage vicieux en principe, ne dénoterait que l'imperfection et la pauvreté de l'alphabet romain. L'orthographe castillane est toute en faveur de l'innovation que je propose aux Navarrais ; mais l'exemple des Castillans, pas plus que celui des Français, ne saurait être invoqué par nous à propos d'une réforme orthographique dont je fais avant tout question de principe grammatical pour les auteurs navarrais. Les Basques-Espagnols ne se servent jamais du *c*, et mettent toujours *z* devant *a*, *o*, *u* ; ils ont une foule de noms inscrits dans l'histoire ou stéréotypés dans les cartes géographiques ; que ces Euskariens ne consentiront jamais à écrire autrement que par le *z* : *Alzaga*, *Alzazua*, *Atzola* ; *Alizza*, *Apozaga*, *Anezo*, *Aranzazu*, *Arranza*, *Elizalde*, *Goizueta*, *Zaldiber*, *Zalla*, *Zaldo*, *Zamudio*, *Zarauz*, *Zamola*, etc. ; etc. Et quel est l'historien navarrais qui osât écrire en euskarien par *c* les noms d'Alza, *Zavala*, et le nom immortel de *Zumalacarregui*? Je dis que le Z, c'est de moi que je parle, n'a pas seulement pour lui l'usage immémorial dans la majorité du peuple euskarien ; mais qu'il appartient de droit grammatical à l'orthographe nationale.

Le H. — « Vous verrez que l'orateur, non content de proscrire le Ç, osera nous dire que le C lui-même pourrait et devrait être remplacé par le Z devant *e*, *i*. »

Le Z. — « Je ferai mieux que de le dire, je le prouverai, en faisant la part des modifications exigées peut-être par la routine établie ; routine toujours respectable aux yeux d'un auteur de dictionnaire quadrilingue, qui écrit pour être feuilleté par les souscripteurs, et non pour la gloire et la postérité : deux chimères ! L'usage populaire a aussi des droits; toute règle générale peut faire en sa faveur des exceptions, à condition que ces exceptions, plus ou moins nombreuses, ne blesseront jamais l'étymologie, ni la grande loi des dérivations grammaticales. Darrigol a écrit fort judicieusement que l'alphabet euskarien pourrait supprimer, sans inconvénient les lettres Q et C : la première parce qu'elle peut toujours être remplacée par le K, la seconde, parce qu'elle n'a aucun son qu'on puisse être représenté par le K devant *a*, *o*, *u* ; l'interprète H a demandé si je n'aurais pas la prétention de remplacer le C devant *e*, *i*, en même temps que j'expulserai le *ç* de l'alphabet euskarien : je réponds très affirmativement et péremptoirement, la grammaire à la main, que j'ai cette prétention à ses yeux exorbitante. Les auteurs guipuzcoans et biscayens eux-mêmes comprendront à merveille la nécessité d'écrire toutes souvent *ze*, *zi*, et non *ce*, *ci*, pour peu qu'ils tiennent à l'unité et à la correction d'une langue mal moulée d'orthographe nationale : le tout sous peine d'être taxé d'ignorance et de leur langue maternelle et d'opiniâtreté. »

Le H. — « Je serais très-curieux de connaître les règles sur lesquelles le Z entend faire reposer la réforme projetée par l'auteur du dictionnaire quadrilingue. »

Le Z. — « Je suis convaincu que l'H osera pas méconnaître la force et l'évidence des règles qui lui seront expliquées, je gage qu'il n'hésiterait pas à se soumettre, si tout autre que le Z lui prouvait poliment qu'il a tort. »

Le H. — « il serait bien habile, celui qui me prouverait que le K peut remplacer quelquefois le C dur en euskarien.

Le Z.—Pourquoi cela? Parce que le K ou cappa grec montre les cornes à la fin des mots, avec la figure qu'il a en typographie française ou castillane? Mais, raisonner de cette façon, c'est faire voir qu'on n'a point réfléchi à la forme que le *k* bas de casse a reçue ou peut recevoir dans quelques alphabets européens. Calomnier le K, c'est ressembler à Napoléon Landais, qui avait fini par reconnaître que le son du *k* ne varie jamais, et, que par conséquent il pourrait remplacer le *c* dur, même en français : — « Nous sommes revenus sur la « condamnation que nous avions portée contre « cette consonne, que nous ne considérions « pas comme lettre française ; parce que nous « avons reconnu, en citant plusieurs exemples « des *Leçons* et *Modèles de littérature* du « savant académicien M. Tissot, que cette « lettre est d'une plus haute antiquité fran- « çaise peut-être que notre *c* dur. Il est vrai « que les Latins se sont peu servis de la « lettre *k*, et que nous avons presque imité « en tout les Grecs anciens? Les « Latins, il faut l'avouer, n'ont rien à eux ; « leur alphabet même ne leur appartient pas; « ils le tenaient des Grecs, qui remplissaient « le monde de leur célébrité..... Les Latins « seuls ont corrompu l'alphabet; et nous « avons été leurs imitateurs serviles. » N'en déplaise au H, aspiré, articulation beaucoup plus grecque que latine, le remplacement du *c* dur par le *k* est, selon moi, inévitable dans une foule de mots basques; je dirai bientôt lesquels : le *k* doit également remplacer le *gu* dans tous les mots où l'imitation servile des Latins avait fait adopter aux Euskariens cette orthographe incorrecte, barbare et ridicule. Je prouverai.

Le B.— « Le Z sort de la question ; au lieu de s'occuper de ce qui le concerne, il s'amuse à laver en public le linge d'autrui.

Le Z.—Tout ce que j'ai dit contre le C est de bonne guerre ; je le traite en usurpateur qu'il est. Je prie le H de poser lui-même les questions.

Le H.—Prouve-moi qu'il serait régulier, correct et grammatical d'écrire en euskarien *s*, *ts*, devant *a*, *e*, *i*, *o*, *u*, et que la méthode qui prescrit de mettre *ça*, *tça*, *ce*, *ci*, *tci*, *ço*, *tço*, *çu*, *tçu*, n'est pas supportable.

Le Z.— « On va vous le prouver, H navarrais! Et si les arguments qui vont être employés ne portent pas la lumière dans votre esprit, on espère que vous ne dédaignerez pas de les réfuter victorieusement. Vous parlerez, aspiration rude et sublime! Vous connaissez le proverbe oriental : « Gorge qui se tait, reste pleine de confusion. » La tribune est ouverte à tout le monde.

SÉANCE VI.

Le Z est plus que jamais à la tribune, et ne déparle pas.

— « Honorables caractères d'imprimerie, s'écrie-t-il, rendons grâces à la Divine Providence, qui nous destinait à former l'alphabet euskarien. Nous appartenons à la langue d'un peuple éminemment positif, race puissante, qui juge par le cœur beaucoup plus par la tête, et chez qui, par conséquent, le système nerveux ganglionaire n'est pas moins richement développé que le système nerveux cérébral. Blessez-le dans les choses qu'il aime ou dans ses intérêts matériels, vous trouverez en lui une énergie indomptable, ses colères deviendront terribles; il se fera craindre; vous ne pourrez vous empêcher de l'admirer. L'héroïsme du bon sens est le seul que la Divine

Providence ait voulu accorder aux Euskariens, et qui les rend immortels. Mais en matière d'opinions, dans le cercle des idées qui ne touchent point à la vie réelle et qui dépendent des fantaisies de l'esprit ou de l'imagination, il est presque impossible d'arracher l'Euskarien à son indifférence apathique : vous ne découvrirez pas dans tout son organisme une seule fibre qui porte l'homme au fanatisme grammatical, à l'exaltation typographique. Ceux qui s'imaginent qu'on peut le mener par le bout du nez avec des discours et des paroles, ne connaissent pas le caractère du lion montagnard : il ne se passionne qu'à bon droit, et ne s'engoue pas volontiers. Je dirai à sa louange qu'il respecte sérieusement les voyelles, et qu'il n'a jamais persécuté le plus petite consonne depuis l'origine des siècles. Voilà ce qui me fait penser que je ne tarderai pas à reprendre ma place dans l'alphabet euskarien. Toute la malveillance typographique du monde ne parviendra pas à me faire perdre l'estime des lecteurs. (Approbation générale.)

— « N'oublions jamais, honorables collègues, que nous sommes en présence du public et que nous parlons pour lui. Chacun de nous a son fonds de science, nous avons de l'érudition par dessus les toits; la chose est incontestable ; mais nous savez combien il est dangereux d'ennuyer ses auditeurs. Tout cela bien considéré, permettez-moi de ne pas suivre d'où les Romains avaient tiré le C de leur alphabet, et que le C représentait le cappa beaucoup plus que le sigma grec. Il est hors de doute que le C latin joue le rôle du K grec devant *a, o, u*. Je n'ajouterai pas que les Latins écrivaient avec un *c* devant *e, i*, les mêmes mots où les Grecs mettaient leur K : *céra, kéròs*, cire ; *centrum, kèntron*, centre; *ciccus, kikkos*, pellicule qui sépare les grains de la grenade ; *cici, kiki*, arbre résineux d'Égypte, etc. Quelque savantasses ne manqueraient pas de vous dire ici que les Romains prononçaient le nom de leur grand orateur comme les Grecs, *Kikero, Kikeron*, Cicéron, et que le C latin, même devant *e, i*, avait le son du cappa grec. Un érudit transalpin, grand admirateur de la prononciation italienne, soutiendrait tout aussitôt que les Romains prononçaient *Chichero* ou *Tchichero*. Tel savant de Paris ou de Madrid serait peut-être d'un avis contraire. Mais, par Jupiter capitolin! que nous importe à nous tout cela, respectables caractères de l'alphabet vasco-cantabre? Les Latins prononçaient leur C comme ils l'entendaient; ils en étaient bien les maîtres, tout comme d'avoir emprunté aux Grecs les caractères de leur alphabet assez pauvre et barbare. Les Euskariens n'ont jamais prononcé leur C comme le *ch* castillan et français; le *ch* euskarien n'a jamais pris le son du *k* comme chez les Italiens et les Latins. De quelque manière que l'on prononce à Rome le nom de Cicéron, contentons-nous de savoir que ce nom illustre dérive de *cicer*, pois-chiche, parce que l'un des ancêtres du grand homme avait une verrue ou pois-chiche au bout du nez. (Éclats de rire.)

Le B.— « Un dialecte euskarien donne le nom de *chitcher* au grésil ou menue grêle. Ne pourrait-on pas dire que le *cicer* latin dérive du *chitcher* euskarien, à cause de la ressemblance qu'il y a entre la menue grêle et les pois-chiches?

Le F.— « *Cicer, chitcher*! Belle étymologie! Le vénérable Larramendi a manqué celle-là! Le B latin n'est qu'un bêta grec. » (Bruyants éclats de rire, tumulte. A l'ordre! à l'ordre! — Les trois accents, aigu, grave et circonflexe, remplissant les fonctions d'huis-

siers, crient : Silence! Messieurs, silence! Ce cri, qu'on n'avait point encore entendu, retentit avec tant de force et d'harmonie, que le silence se rétablit comme par enchantement.)

Le Z. — « N'êtes-vous pas de mon avis, estimables caractères : ne vous semble-t-il pas que l'usage de consacrer un même signe typographique à deux articulations différentes entre elles, est quelque chose de contraire à tous les principes d'une bonne méthode d'orthographe, à moins que les dérivations étymologiques et grammaticales ne fassent une loi de cette répétition, de ce double emploi? Mais si je vous prouve que les auteurs basques, après avoir emprunté cette lettre ou caractère, le C par exemple, à un alphabet de langue étrangère, l'alphabet latin, se servent du C comme les Latins et les Castillans, et du Ç comme les Français, au mépris de la grande loi des dérivations étymologiques et grammaticales ; vous n'hésiterez pas à reconnaître que cette imitation servile conduit tout droit à des fautes grossières ; à celles-là même que les auteurs latins, castillans et français avaient pris à tâche d'éviter en établissant certaines règles d'orthographe et de prononciation. » (Sensation.)

Le F. — « Là est tout le nœud de la difficulté.

Le Z. — « Je vais citer quelques exemples. Le mot bénir équivaut à *dire-bien*, en castillan *bendecir*, en italien *benedire* ; en latin *benedicere*, louer une chose, dire qu'elle est bien, dire des paroles de bon augure ; au figuré, bénir, consacrer. Mais le verbe latin *dico*, je dis, fait au parfait *dixi*, j'ai dit ; et d'un génitif en improvisation, *dicti*, dans lequel nous prononçons *ct* comme s'il y avait un *x*, la langue latine fit *benedictio*, louange, bénédiction, en castillan *bendicion*, en italien *benedizione*. Encore un mot. Du verbe *devovere*, vouer, consacrer aux dieux, et du participe passé *devoti*, on génitif d'improvisation, la même langue latine fit *devotio*, dévouement, action de se dévouer, vœu par lequel on s'engage, on se dévoue ; dévotion, en castillan *devocion*, en italien *divozione*. Vous voyez par là, estimables caractères d'imprimerie, quelle est la méthode de chacune de ces trois langues, qui ne sont que des dialectes du latin. Le castillan et l'italien, ayant à cœur de conformer autant que possible l'orthographe des mots à leur prononciation, se servent, l'un du *c* latin, et l'autre du *z* grec; le français respecte seul l'orthographe étymologique, avec la scrupuleuse fidélité qui a valu à cette admirable langue une orthographe la plus académique du monde, que tous les lexicographes appellent infernale, et une prononciation très-singulière, que tous les peuples de la terre trouvent ridicule. Les Euskariens, qui ne prononcent pas la syllabe *tio*, comme s'il y avait *zio*, et qui ne font jamais d'une consonne dentale une sifflante, ne pouvaient suivre en ceci l'orthographe latine ou française. Leurs auteurs écrivent à la castillane, suivant le dialecte, *bendiciño, benedictione, devociño, devocione*, etc. Pour ma part, estimables caractères, je n'y vois pas l'ombre d'inconvénient. Je reconnais volontiers que le *c* et le *v* peuvent être employés dans ces mots d'origine étrangère, par respect pour l'étymologie latine. Mais s'il prenait fantaisie aux auteurs euskariens de suivre l'orthographe grecque-italienne de préférence à l'orthographe latine et castillane, je dis qu'ils n'auraient pas tort, je dis qu'ils feraient mieux peut-être d'écrire *bendiziño, devoziño, benedizione, devozione*. Je sais que l'auteur du Dictionnaire quadrilingue se propose de se conformer à l'usage établi, partout où la réforme de l'orthographe n'est pas commandée par des règles grammaticales; il me reprochera de retirer tout d'abord la concession que j'étais sur le point de faire au C, il me taxera d'égoïsme et de partialité. L'innovation qui me plaît serait goûtée des Espagnols; elle n'est combattue que de ce côté de la Navarre, où les lecteurs se sont trop familiarisés avec la prononciation française du z doux entre deux voyelles, articulation faible qui n'existe que par exception. La logique et la loi d'unité exigeraient le triomphe du Z dans l'alphabet basque. Ce n'est point en Italie que je rencontrerais des détracteurs! Mais si je consens à céder une partie de mes droits, il en est d'autres sur lesqu ls je ne souffrirai jamais à l'avenir les empiètements de l'incorrection ignorante et de la barbarie. (Sensation profonde.)

« Le castillan, mais surtout l'italien, font du Z grec l'usage le plus convenable : ne parlons pas de l'orthographe de ces deux langues; elle n'a rien à démêler avec ce que j'ai à dire ici, Le C devant a, o, u, est inséparable de l'emploi du C latin devant e, i : reci est également vrai en euskarien et en français. Mais l'orthographe française, basée sur les règles grammaticales, devient incorrecte et barbare en euskarien, à cause de ces mêmes règles grammaticales, qu'elle viole ouvertement. En français, le C prend la cédille dans tous les temps des verbes en cer et en cevoir, où il est suivi de a, o, u : placer, commencer, concevoir, recevoir : il plaça, il commença, il conçoit, il reçoit, il reçut, etc. Rien de plus régulier que ce système d'orthographe. Mais à quoi bon le C en euskarien? Des lexicographes facétieux m'ont comparé aux éclairs : je voudrais que ma voix eût la force et l'éclat du tonnerre. J'appellerais devant vous les auteurs navarrais, respectables caractères d'imprimerie que vous êtes; car une bonne méthode d'orthographe concerne l'imprimerie tout autant que la littérature : c'est l'affaire des typographes instruits et des protes savants, plus encore que celle des prosateurs et des poètes. J'appellerais les auteurs navarrais, et je leur dirais. Approchez, mes maîtres. En est-il un seul parmi vous qui osât mettre le Ç à la fin des mots radicaux et des vocatifs indéfinis en langue euskarienne? (Non! non!) N'est-il pas vrai que le ç à la fin des mots ne saurait appartenir qu'au système d'orthographe le plus burlesque qu'il soit possible d'imaginer? (Oui! oui!) N'est-il pas vrai que vous écrivez toujours par un Z les mots its, hits, mot, terme, parole, verbe : guilts, clef; gats, sel; lats, rude; bels, bals, noir, etc.? (Certainement! sans doute! sans doute!) Eh bien! vous venez de plonger le poignard dans le cœur du z. Ce poignard, je vais le retourner avec délices dans la blessure : il est permis de frapper fort, quand on frappe juste. Vous venez de prononcer la condamnation filiale. Le C portait écrit sur le front le signe de cette condamnation filiale. Ce n'est point sans motif qu'il était regardé comme une lettre funeste et de mauvais augure chez les Romains : il signifiait condemno, je condamne! Et il condamnait!... (Acclamation générale. Sensation prolongée.)

« Ne perdons pas de vue, estimables caractères, que la grammaire euskarienne ne reconnaît que deux espèces de mots : le nom et le verbe; il y a vingt ans que le Dictionnaire quadrilingue a écrit cela. Et si je me sers, en vous parlant, de la classification grammaticale établie dans les langues analytiques, ce sera uniquement parce que ces idées et ce langage vous sont plus familiers. Il ne faut pas non plus se hâter d'ouvrir trop

tôt les yeux aux caractères qui veulent être la lumière de leur siècle : ambition respectable, s'il en fut jamais ! Tel d'entre nous a la naïveté de se croire l'inventeur des idées qu'on lui prête; il viendra, d'un air magistral, vous apprendre le lendemain les mêmes choses que vous lui aurez enseignées ou suggérées la veille! Il n'est pas défendu d'avoir de la vanité, il est permis d'être ridicule; l'alphabet euskarien ne s'y oppose pas. Revenons à nos moutons. Tout nom euskarien terminé par Z, tour-à-tour sujet ou régime, selon la locution, garde cette forme dans le discours, quand il est suivi ou précédé d'un adjectif numéral, ou qualifié par un autre adjectif, qui reçoit seul alors la marque déclinative. La même règle s'applique aux adjectifs en relation grammaticale, sans omettre les cas où ils sont suivis de mots ou de particules exprimant adverbialement un certain nombre, une certaine quantité ou foule de choses, une troupe de gens ou de bêtes, un cas où s'importe quoi. Là-dessus, je me permettrai de dire aux auteurs euskariens : — Messieurs, tous les auteurs de France et de Navarre que Dieu créa, sont égaux devant l'encre grasse et le rouleau d'imprimerie; nous donnons à tous l'immortalité du papier, moyennant finance; et chacun de vous a un droit égal au plus profond respect des caractères typographiques. Pardonnez-moi de vous parler avec sincérité. Si je propose aux auteurs navarrais de mettre le Z au lieu du Ç devant a, o, u, ce n'est pas parce que cette orthographe est celle des Basques-Espagnols. Bientôt je vais conseiller aux Biscayens et aux Guipuzcoans de mettre souvent, sinon toujours, le Z au lieu du C, devant e, i. L'usage n'a encore introduit jusqu'ici que la moitié de la réforme projetée, et seulement dans une partie du pays euskarien. Ce n'est point sur l'usage, c'est sur les règles de la grammaire, qu'il faut appuyer cette réforme de l'orthographe vasco-cantabre.

« Eh quoi! mes maîtres, vous dites à chaque phrase, vous écrivez à chaque ligne de texte, aritz, harits, arbre : gaits, mal; ikas, ikals, inkhaiz, charbon : laraiz, crémaillère; orz, hortz, dent; orkhats, cerf : surts, solitaire, orphelin, etc., 300 etc.! Vous ne pourriez écrire d'autre façon les mots que je viens d'indiquer! Vous reconnaissez qu'il serait burlesque de remplacer le Z par un Ç! Vous n'oseriez pas nier que la contexture des mots radicaux doit servir de règle à l'orthographe de leurs dérivés, toutes les fois que les désinences grammaticales n'exigent pas, comme quelquefois en latin, des consonnes d'un ordre différent! Et malgré tout cela, malgré l'évidence et la force des principes qui doivent faire loi en pareille matière, les auteurs euskariens violent sans scrupule la seule bonne méthode d'orthographe qui se présentait à eux tout naturellement! Les uns changent le z, ts, en ç, tç, à tous les cas de la déclinaison au singulier, et au premier cas du pluriel; et z, ts, se transforme chez tous en c, tc, devant les terminaisons de la même déclinaison au pluriel et au mode indéfini! Par les éclairs et le tonnerre! je soutiens que l'incorrection est ici flagrante, et qu'elle a des conséquences ridicules, déplorables. C'est ce qu'il faut prouver. « (Agitation inexprimable. La séance est suspendue pendant quelques minutes.)

SÉANCE VII.

Pendant le moment que la séance est interrompue, le Z se tourne vers le président d'âge, qui lui parle à l'oreille. Le singe de l'imprimerie, caché derrière le fauteuil présidentiel

ou présidental, adjectif inusité; le singe recueille ces paroles dites à voix basse, qu'il ne manquera pas de rapporter au sténographe : « Z mon ami, je vous en fais mon compliment : le H commence à vous prendre au sérieux, et lui-même, je crois, n'a plus envie de rire. Nous verrons un peu comment cet intrépide défenseur de la cédille et du C se tirera d'affaire. C'est lui surtout qu'il faut prendre à partie, sans vous occuper des auteurs euskariens : ne sortons pas de la typographie. Le sténographe ne sera pas fâché d'écrire sur le dos du H aspiré, les bonnes vérités grammaticales et orthographiques que vous allez sans doute nous débiter. Je vais faire sonner ma sonnette. Le Z, pour toute réponse, s'incline profondément devant le vénérable président d'âge, il revient à la tribune et prend la parole, un même temps qu'un long sourire, un feu croisé d'éclairs, brille dans ses yeux.

Le Z. — « Estimables caractères d'imprimerie, je vote des remercîments publics à l'auteur du Dictionnaire quadrilingue, pour la justice qu'il consent à me rendre, et pour la place qu'il veut bien m'accorder dans la réforme de l'orthographe euskarienne. L'auteur avait arrêté les bases de cette réforme, dès 1834, sous les yeux de Charles Nodier, linguiste profond, admirable écrivain de l'école latine, plus correct que Châteaubriand lui-même. Le grand maître dans l'art d'écrire et son très humble disciple navarrais en étaient alors à l'examen des langues primitives de l'Amérique, étude qui ne fut pas poussée plus loin que la onzième lettre de l'alphabet français, jusqu'au mot klakataj, en euskarien kurrollo, khurlu, grue, oiseau. Notre lexicographe a fait briller le Z dans son Voyage en Navarre, imprimé en 1835 : il n'a pas le pédantisme d'attacher la moindre vanité à de petites idées, par exemple à l'idée de remplacer deux mauvaises lettres par une bonne; mais la question qui lui paraît si simple est pour moi, ainsi que pour le C, de la plus haute importance. Je suis sûr que le H aspiré est de mon avis. (Silence à droite, mouvement de curiosité au centre. Le F rit dans sa barbe et dit entre ses dents : Va toujours en zig-zag, et défends tes droits avec éloquence : c'est ainsi qu'on s'élève plus haut que la risquette, jusqu'au plafond de la typographie, fermement qui n'est pas étoilé du tout. Si tu ne laisses rien à dire au H, il gardera le silence.)

Le Z. — « Notre cher, c'est à vous que je parle, et c'est surtout vous que je désire convaincre. Prouvez-moi, de grâce, que je suis dans l'erreur. Vous savez peut-être que le Z euskarien mériterait d'être examiné étymologiquement : pour peu que vous ayez étudié le basque et le latin en linguiste (je ne parle pas du français, qui n'est qu'un dialecte de dérivation), vous ne pouvez ignorer que les radicaux simples, et à plus forte raison les mots composés, reçurent tous, en improvisation primitive, une forme dans laquelle les désinences, les particules déclinatives et grammaticales, jouent un rôle merveilleux : véritables perles philologiques, que l'on ne peut manier qu'avec des doigts de diamant; que l'on ne peut enfiler qu'avec des chevaux d'or. Le Z, à lui seul, est l'un des cas majeurs de la déclinaison euskarienne; il sert à former un grand nombre de radicaux d'une seule syllabe, par exemple iz, être. De iz, radical fécond, et de ni, moi, hi, toi, pronoms de la première et de la seconde personne, la langue a fait, selon le dialecte, Niz, naiz, naz, je suis; Hiz, haiz, ais, as, etc., tu es. Retenez bien cela. Par le moyen bien simple d'un a postposé, avec niz, hiz, etc., la même langue forme, en un seul des trois dialectes navarrais, près de trois mille désinences de conjugaison dubitative et interrogative, 'Niza, hiza, est-ce que je suis, est-ce moi qui suis, est-ce toi, etc.? Fort bien. Maintenant répondez, H aspiré que vous êtes : oserez-vous, de niz, hiz, faire niça, hiça? Et le radical, et le verbe fondamental, et l'orthographe étymologique, que deviennent-ils avec cette méthode? Puisque le Ç ne peut jamais être employé à la fin des mots radicaux et qu'il forme ici syllabe avec l'a, comment voulez-vous que le philologue étranger détache ceci a interrogatif et dubitatif, et qu'il reconnaisse au premier coup-d'œil le niz du verbe essentiel en conjugaison? Que notre lexicographe mette le mot Niz dans son dictionnaire, qu'il le fasse suivre alphabétiquement du mot Niça, forme de conjugaison interrogative, et qu'il accompagne chacun de ces mots de leur explication étymologique; le premier linguiste venu dira que l'orthographe par le Ç soufflette la grammaire un peu brutalement; il dira que l'auteur du Dictionnaire quadrilingue est un campagnard ignorant, un barbare. N'est-ce rien que cela, H aspiré; et croyez-vous qu'un auteur sérieux s'expose volontiers à recevoir des compliments de ce genre, uniquement pour vous faire plaisir?

Le S.— « Bien frappé! (Le H se gratte l'oreille.)

Le Z — « Vous savez ou vous devez savoir, H aspiré, que le radical iz a servi à former par déclinaison ou par locution contractée, une foule de mots euskariens. Mettons de côté les mots dans lesquels le Z est suivi d'une consonne ; écartons ceux dont l'étymologie est douteuse peut-être, comme izui, sapin, izahi, izokin, saumon, etc. Je vous cite izari, mesure; izar, étoile, en sanscrit irs; izeba, tante; isen, nom, dénomination; iserdi, sueur; izu, izi, effrayer; izorra, grossesse; izotz, gelée; izurri, uzurri, peste. En voilà neuf. Après cela, H aspiré, ayez le malheur de toucher seulement à l'un ou l'autre de ces z, pour le remplacer par un Ç: vous verrez sur quels rails grammaticaux on vous fera galoper à la vapeur, et tout le chemin qu'on vous fera faire en peu de minutes et en quelques lignes. Respect au mot radical et à la signification de l'étymologie, s'il vous plaît! N'allons pas troubler l'eau des fontaines à sa source, ni éliminer la clarté des idées que les mots expriment. A part cette règle fondamentale, en quoi trouvez-vous que le Ç soit préférable au Z dans les mots qu'on vous a cités? (Profond silence. Le H aspiré broie entre ses dents plusieurs pastilles de Calabre.)

« De ci vient iza, être, qui est une espèce de second radical déclinable et conjugatif. J'ai dit isa, comme je dirais erra ou esu dire; emo ou ema, donner; ego, rester, etc.; et de même pour tous les noms conjugatifs du même ordre finissant par une voyelle. Nous avons par syncope, à la conjugaison de l'impératif en dialecte navarrais, errasu, dites, vous, singulier; errac, dis, toi masculin; erran, dis, toi féminin; et par la même règle, eguiu, eguic, eguin, faites, fais; eguiç, syncope de egui ou eguin ezac. Darrigol, si je ne me trompe, imputait isan, erran ou cman, eguin, pour des mots radicaux; c'était une erreur de sa part. Izan n'est-il plus qu'un dérivé grammatical qui a reçu la N, autre cas majeur de la déclinaison euskarienne, signifiant en, dans. La déclinaison et le verbe auxiliaire, izan sert à la conjugaison du subjonctif. Dans la conjugaison du parfait et du plus-que-parfait de l'indicatif, il ne peut se traduire que par un participe passé; izan da, il a été, etc. Izan, été, izana, ce, celui,

celle qui a été. On ne se sert de izan traduit par un infinitif, que dans la conjugaison affirmative, par je veux, je désire, je dois être, j'ai besoin d'être. A l'aide de la terminative te, précédée quelquefois d'un t euphonique, on obtient sur les radicaux iza, erra, ema, egui, ego, etc.; izate, fait d'être; eguite, action de faire; errate, de dire; emaite, de donner; izatia, izatea, l'être, etc. C'est-à-dire qu'on forme et décline les seuls noms par lesquels on puisse traduire lexicographiquement les infinitifs des langues analytiques; ceux-là même que Larramendi a négligés dans son dictionnaire.

« Simples questions au H aspiré. Puisque le premier radical is, signifiant l'être, exprimant l'idée de l'existence, sert à décliner le verbe en langue euskarienne; nous disons décliner; le H aspiré qui ne peut éviter le Z dans ce mot, aura-t-il le courage d'écrire par un Ç, içate, içan? Puisque, en tout dialecte, le verbe euskarien, verbe unique, s'écrit de la manière suivante : Niz, naiz, naz, je suis; Hiz, haiz, dis, az, etc., tu es; le H aspiré, assez maladroit pour mettre niça, hiça en conjugaison interrogative, osera-t-il orthographier de la même façon le futur simple, en dialecte navarro-souletin par exemple? Niçate, je serai; hiçate, tu seras? Il en est bien capable; mais on peut lui prédire que tous les Bas-Navarrais et Souletins se moqueront de lui, et que tous les Basques-Espagnols trouveront cette orthographe détestable. Si les Euskariens avaient un ministère de l'instruction publique et des écoles nationales, l'enfant de douze ans qui ferait de pareilles fautes en écrivant, se ferait donner des férules. (Le H pense le H aspiré? (Silence profond. Le H fait une espèce de grimace.)

« Jusqu'ici, respectables caractères d'imprimerie, je ne vous ai parlé que de la nécessité d'éviter le Ç dans les syllabes za, zo, zu. Je crois avoir bien prouvé, et je prouverai mieux encore, que l'emploi exclusif du z est préscrit, non-seulement par l'usage des Basques-Espagnols, mais surtout par les plus inviolables règles grammaticales et philologiques. Il me reste à faire comprendre au H aspiré que l'emploi du Z devant e, i n'est pas moins obligatoire et grammatical. Je sais qu'il aura de la répugnance à se laisser convaincre et séduire par mes arguments, beaucoup plus que les auteurs biscayens et guipuzcoans, qui font tout aucune. Résignation, H notre cher! Il faut savoir accepter de bonne grâce les choses qu'il est impossible de refuser, par exemple le Z devant e. Les preuves de cette nécessité sont faciles à fournir. Je les tirerai de main, dans la troisième classe des radicaux euskariens, que nous traduisons, faute de mieux, par les infinitifs des langues analytiques. Les radicaux finissant par une voyelle reçoivent le N déclinatif, ceux finissant par les consonnes liquides l, r, prennent la terminative du, tu, qui joue exactement le même rôle que le n en conjugaison. Enfin les radicaux terminés en r, s, z remplacent le n, du, tu, par la voyelle i, troisième cas majeur de la déclinaison euskarienne au mode indéfini; au datif: As, has, nourrir; irabaz, eraba, gagner; asi, hazi, irabazi, nourri, nourri, etc. Cet i est un charbon ardent sur lequel je me propose de tenir mes détracteurs qui peu plus longtemps qu'ils ne voudraient; il commence à s'allumer, et j'en veux qu'il souffle le fera briller. (Rire homérique dans tous les casselins, le H ne rit que du bout des lèvres.)

« Illustre assemblée typographique, l'attention que vous daignez me prêter fait mon gloire. J'omettrai souvent les variations de dialecte en euskarien, et l'indication des genres en

français, pour ne pas trop charger des citations indispensables; l'excès des richesses demande qu'on en use avec sobriété. Les radicaux en z servent d'abord en ceci état à la conjugaison de l'impératif et du subjonctif. Glissons sur quelques dérivés de az, has, nourrir, dans lesquels le z n'est pas toujours suivi d'une consonne : hazcurri, nourriture; hazkera, azkera, azierá, nourrissage, élève, éducation; azitsalle, hazle, nourrisseur, éleveur; hazkei, hazaldi, hazaur, etc. Le H navarrais voudrait-il écrire hacerá, acitvalle, à la barbe des Basques-Espagnols? Nous avons encore, du radical universel, aras, eras, les mots haseraide, irabazeraide, ce, celui, celle qui fait nourrir, gagner; tenons-nous-en ici au dialecte le plus serré. Pour former la conjugaison du parfait et du plus-que-parfait de l'indicatif, et pour traduire aux trois modes de la déclinaison, les participes passés en relation grammaticale, la langue fait asi, hazi, irabazi; et en double conjugaison hasenasi, ou arasi, irabazeraki, ce, celui qui fait nourrir, gagner. On dit encore hazico et hazíren, irabazico et irabaziren, pour la conjugaison du futur, etc. De has, irabaz, eras ou aras, le H aspiré fera-t-il haceraci, irabacaraci ou ceraci? Belle orthographe, en vérité! Et cela après avoir écrit haste, irabaste, action de nourrir, de gagner; gal-irabastea, le jeu de qui perd gagne! Mais irabazi, traduit par un participe, et quelquefois par l'infinitif, signifie aussi gain : irabazpide, occasion de gain; soit dans le sens de participe en relation grammaticale, soit comme nom substantif, irabazi se décline aux trois modes : irabaziric, de gain, de gagné, gagnée; irabazis, de gain, de la gain, ou par gagner, en gagnant; hazia, ce qui est ou a été nourri; irabazia, hazia, ce qui est ou a été nourri; irabazia, hazia, ce qui est nourri, ce gain. Je demande au H navarrais si au sein de trembler à l'œil, la plume n'en tombera pas, chaque fois qu'il s'avisera d'écrire, sur les radicaux az, has, irabaz, et autres terminés en z, sans oublier le conjugatif universel, qu'aucun autre idiome ne possède, oras, aras, des mots tels que aci, haci, eraci, araci? (Silence opiniâtre. Le H fait une belle grimace, et lance au Z un regard farouche.)

« Nous traduisons en français et en castillan, par des adverbes de temps et par des locutions adverbiales, quelques mots euskariens qui ont la même signification, et que la langue basque décline au mode indéfini et singulier, selon la locution et le dialecte : Noiz, nuiz, quand, noisa, le quand; noizdanic ou noizekero, ou noizeaguero et gueroztic, depuis quand; noiz arteah, noiz arteraino, ou noiz arfino, ou noizdaño, ou noizdraño, jusqu'à quand; noiz edo noiz, ou noizaric noizaro, ou noizic behin, ou noizean, noizian bein, de temps à autre; noizaraitée, à peu près vers quelle époque, etc., etc. Respectables caractères d'imprimerie, rappelez-vous-en à moi. Foi de consonne obligée que je suis! Laramendi lui-même, écrivait noizes, noizean, tous les auteurs guipuzcoans et biscayens adopteront de grand cœur l'emploi du z devant e, i, en déclinaison. La règle est formidable; je défie le H aspiré de soutenir qu'on puisse écrire noicic, noicean, noiciño, et je lui citerai ce vers du barde euskarien parlant à sa fiancée : Arren alera salle, noizan bein echutic! De grâce, sortez de la maison, de temps à autre!

Le S. — « L'allusion est claire, piquante, bienséante, H aspiré; sortez du temps à autre de votre cassette, et prenez la parole. »

Agitation, cris confus. Il parlera! Il ne parlera pas! Tumulte effroyable. Le président d'âge se hâte de lever la séance. Le bruit court que le H aspiré vient d'envoyer un cartel au Z par le singe de l'imprimerie, et que le Z choisit pour témoins du combat les trois modes de la déclinaison euskarienne.

SÉANCE VIII.

La grippe, rhume opiniâtre, ayant forcé quelques caractères de l'alphabet de garder le lit dans leurs cassetins, les séances typographiques n'ont pu continuer pendant quinze jours. Le H aspiré est à la tribune : silence profond, attention générale ; tous les regards de l'assemblée se dirigent sur l'orateur. Et puisque l'usage permet de dire en français que l'aigle fixe le soleil, on peut dire sans trop d'incorrection, que chaque caractère de l'alphabet fixe hardiment le H aspiré, comme un foyer de lumière, un véritable soleil placé dans le firmament de la typographie.

Le H. — « Vénérables caractères, l'auteur du Dictionnaire quadrilingue est trop heureux d'avoir le Z pour apologiste. Cet auteur refuse au C un rôle qui lui va très-bien, et lui-même introduit le C dans des mots où cette gutturale n'a jamais figuré : des mots qui n'existent point. J'ai lu dans son *Génie de la langue latine*, que du mot latin *periculosus*, le dialecte castillan fit *periculoso*. Voilà un mot que je n'ai jamais découvert dans les vocabulaires castillans que l'on imprime en Europe. »

Le Z part d'un grand éclat de rire : applaudissements frénétiques dans tous les cassetins. A la tribune ! A la tribune !

Le Z. — « Savants collègues, je demande pardon au H aspiré d'avoir ri : mais je m'aperçois que cet écart de gaîté valait tout seul un long discours ; vos applaudissements me le prouvent. Vous avez compris quelle est l'illusion du H, et chacun de vous a deviné ma réponse. Il s'agissait de prouver que certaines terminaisons latines, *tas*, *tura*, etc., sont euskariennes. Au même endroit, l'auteur signale la transformation que d'autres terminaisons celto-latines ont dû subir, en passant du latin aux patois ou dialectes de dérivation. Il croit pouvoir affirmer que la déclinaison du latin classique, repoussée par les patois et dialectes secondaires, n'avait été adoptée que par esprit d'imitation ; et qu'elle n'existait point, selon toute probabilité, dans les anciens dialectes de l'Italie, èque, osque, volsque, étrusque, sabin et romain, pendant la seconde antiquité. L'auteur arrive ainsi à la terminaison classique *sus*, ou *us*, *a*, *um*, adaptée au datif du mot radical, décliné pour former un adjectif des trois genres, *Periculosus* : en bonne définition grammaticale, *us*, le ou ce, *s*, qui est, *periculo*, à péril, périlleux. Très certainement, H aspiré, que le dialecte espagnol fit d'abord *periculoso* ; et, par syncope tout à la fois populaire, euphonique et poétique, *pericloso*. Tout dialecte de dérivation, français, italien, castillan, portugais, ou patois non académique, a pour méthode d'imiter la langue mère, en déguisant l'emprunt qu'il lui fait. Par une simple mutation des consonnes liquides *l*, *r*, le castillan ne tarda pas à changer *pericloso* en *pelicroso*; d'où, par euphonie, en adoucissant la gutturale forte *c* en *g*, *peligroso*, *sa*. Ainsi du mot prosaïque *periculum*, euphonique et poétique, *periclum*, la même langue castillane fit successivement *periculo*, *periclo*, *pelicro*, et enfin *peligro*. Ne touchez plus à ce qui est imprimé, H aspiré ; on s'y brûle les doigts. Notre lexicographe, écrivant surtout pour les philologues, qui n'aiment point qu'on leur taille les morceaux et qu'on les leur mâche longuement, prolixement, sans nécessité, se bornait à marquer le point de départ des transformations

que le mot latin devait subir. Que fallait-il davantage? Et où en serait un auteur, grand Dieu! si, dans les écrits de ce genre, il était condamné à faire à chaque ligne l'éducation des lecteurs impertinents qui viendront le fatiguer d'objections tirées de leur ignorance?»

Le H fait un léger haussement d'épaules et sourit avec majesté.

Le S. — « Le H est animé d'un grand esprit de charité typographique ; il défend le Ç sans trop de succès; et comme tous les avocats d'une mauvaise cause, il s'amuse à jeter des mouches dans le lait du Z, uniquement pour changer de terrain et s'éloigner autant que possible de la question brûlante qui est sur le tapis. Il y a dans le fait du H un peu de malice et beaucoup d'opiniâtreté. Je rappelle le H à la question : et puisqu'il ferme volontairement les yeux à la lumière que le Z lui présente, qu'on lui crève à force d'évidence et de vérité grammaticale ! J'ai dit. (Bravo ! A la question !)

Le H. — « Les arguments fournis par le Z sont très spécieux ; mais j'avoue que les règles grammaticales et littéraires qu'il allègue ne m'ont pas suffisamment convaincu de la nécessité de remplacer le C et Ç par le Z en orthographe euskarienne. (Oh ! oh !)

Le Z. — « Il n'est pire sourd que celui qui ne veut pas entendre ; mais la vérité est tout ce qu'il y a de plus despotique au monde ; son évidence irrésistible ne laisse plus à l'homme la liberté de douter. En toute science positive comme celle qui nous occupe, on est forcé d'admettre ce qu'il est impossible de réfuter. Toute objection faite contre l'évidence des règles grammaticales est nécessairement absurde. Si je suis dans l'erreur, ce qui est fort possible, je prie le H aspiré de m'éclairer. La question, ce me semble, est d'une assez haute importance pour la littérature euskarienne.

L'O. — « Je parle au nom des cinq voyelles : la question est tellement importante, que, dans sa *Dissertation* couronnée par l'Institut de France, et sur 82 formes conjugatives du verbe euskarien, en dialecte labourdin, Darrigol a écrit par *c*, *tç*, 92 syllabes que les Basques-Espagnols écrivent invariablement par *z*, *tz*. En outre, le même chiffre de 32 mots présente 16 formes que les Basques des deux royaumes écrivent par *ci*, et qu'une impérieuse règle d'unité littéraire et grammaticale prescrit d'écrire avec un *z* : ce qui fait, en 82 mots, 108 fautes d'orthographe. Que l'on fait attention que le verbe euskarien, avec sa conjugaison interrogative et négative, possède près de 9,000 inflexions grammaticales par dialecte, chiffre que le réunion des dialectes porte à près de 50,000, vous comprendrez, vénérables caractères d'imprimerie, que ce merveilleux contingent lexicographique doit renfermer, proportion gardée, un nombre prodigieux de formes conjugatives dans lesquelles il faut opter entre le *c* et le *z*. Sous ce rapport, l'orthographe des Basques-Espagnols est celle qui se rapproche le plus de la régularité grammaticale et de l'unité littéraire recommandée par l'auteur du Dictionnaire quadrilingue. D'où il suit, grammaticalement parlant, l'orthographe du verbe est d'une importance majeure, et qu'il faut éviter d'admettre la moindre incorrection ou bigarrure dans ces formes conjugatives, qui se comptent par milliers en euskarien, et que l'on heurte à chaque phrase, à chaque ligne, dans les auteurs basques. La gravité de la question qui nous intéresse, nous fait un devoir d'épuiser cette matière avant la publication du lexique annoncé. Nous attendons du H aspiré

quelque objection irréfutable contre l'emploi du Z, à l'exclusion du C.

Le H. — « Le Z a fait le métaphysicien ; il a dit que la vérité ôte à l'homme la liberté de douter : c'est une tyrannie sublime que j'accepte volontiers. C'est le Z qui affirme ; c'est à lui de prouver et de nous convaincre, pourvu qu'il ait le soin de répandre quelques grains de sel attique dans cette discussion aussi aride qu'importante.

Le Z. — « Le sel est un condiment inappréciable, qui empêchera l'orthographe euskarienne de se corrompre : les Euskariens lui donnent le nom de *gatz*, *gaz*. Il y a le gros sel, le sel en pierre, *gatz larri*, et le sel en poudre, *gaz chee*, ou *gatz chehe*. Mais voici que de ce radical *az*, avec le datif *i* de la déclinaison, mode indéfini, la langue a fait *gazi*, salé, où il y a du sel : et *gaziki*, viande salée, porc salé. Sera-t-il permis d'écrire *gaci*, *gaciki*, et même *gaciqui* ? Du radical *gatz*, la langue a fait *guizontzi*, salière : écrira-t-on *gatçonici* et *gatçunici* ? Je m'y oppose. Évitons-les dérivés où le *z* est suivi d'une consonne, comme *gazcari*, acheteur et marchand de sel ; et revenons à l'adjectif *gazi*. A l'aide de la terminative *lu*, qui se traduit par un participe français, et quelquefois par l'infinitif, l'Euskarien dira : *gazitu*, *gatzatu*, *gatzeztatu*, suivent le dialecte. *Gatzatu*, en dialecte navarro-souletin, exprimera, au propre et au figuré, le sang que le venin d'un reptile ou une terreur empêche le pouvoir de glacer, de figer : image de la femme biblique changée en statue de sel, ou du voyageur mordu par le serpent à sonnettes. Des terminatives grammaticales *ari*, *sale* ou *zalle*, ou *tzalle*, *guile* ou *guille*, on obtient en euskarien *gatzari*, *gazitzalle*, *gaziguille*, etc., soleur, qui sale, qui a pour métier de saler les viandes ou de les vendre. Enfin, il y a le mot *gazi*, *tu*, *tze*, *te*, etc., etc., en cinq dialectes, action de saler, salaison, salage. Il ne doit plus y avoir de Pyrénées pour l'orthographe euskarienne. Tout auteur, espagnol ou français, qui s'aviserait d'écrire à l'avenir *gaci*, *gaciki*, *gacitu*, *gatealu*, *gatcestatu*, *gatçari*, *gacitçalle*, *gacitce*, etc., 500 etc. : cet auteur ne serait plus pour moi, qui le partisan indocile d'une méthode d'orthographe souverainement incorrecte. Et si le H aspiré s'insurgeait contre cette condamnation, je déclare qu'il mérite d'être mangé à la croque-au-sel, sans autre assaisonnement. Je propose d'établir pour règle d'orthographe euskarienne, que le *z* sera conservé dans tous les dérivés grammaticaux où le radical est suivi d'un *i* déclinatif : de *gatz*, sel, on fera *gazi* : sale de *az*, *haz*, nourrir, *hazi*, nourri ; de *hez*, dompter, *hezi*, dompté; de *utz*, laisser, *utzi*, laissé, etc., etc. : règle universelle, qui ne souffre pas d'exception. » (Aux voix ! aux voix !)

La proposition, mise aux voix par le président d'âge, est adoptée à une immense majorité.

Le Z. — « Vous n'ignorez pas, estimables collègues, que je suis une sifflante, dentale douce, dont la dentale forte est *dz*, *tz*. Cette dernière articulation était représentée par un caractère particulier chez les Ibères, à l'époque où ces Euskariens avaient un alphabet national et une littérature patriarcale. Je représente donc, seul aujourd'hui, trois consonnes différentes : ce qui fait ressortir admirablement la barbarie de l'orthographe où le Z, *tz*, est remplacé par C, *tc* et *tç* en euskarien. Mais d'abord, le C n'a jamais été employé dans aucun alphabet ancien. Le C remplaça en premier lieu le G. Les Romains, jusqu'à la première guerre de Carthage, écrivaient *macistratus*, magistrature, magistrat, et ils prononçaient *makisteptus*; comme beaucoup de savants croient qu'ils disaient *Kikero*, Cicéron, selon les inductions qu'on tire d'un texte de Suidas, qui donne au C le nom de cappa romain. Ainsi, dans l'orthographe basque, et en tenant compte de la règle d'exception qui sera expliquée plus loin, le C dur devrait être remplacé par le K ibérien ou grec. Je vous prie de remarquer, collègues intelligents, l'étroite parenté qui existe entre le *s* et le *tz* en euskarien ; ces deux articulations prennent la place l'une de l'autre dans les mêmes mots, selon la loi des dérivations grammaticales et le plaisir de l'oreille. Prenons pour exemple l'un de ces radicaux que l'on traduit par un nom substantif ou adjectif en français: *otz*, *hotz*, froid, froidure. Le *tz* se change, euphoniquement en *z* devant les terminatives *tu*, *te* : tous les dialectes montrerons *oztu*, *hoztu*, qui s'est ou qu'on a refroidi. Tel dialecte navarrais, qui ne redouble pas la terminative *tute*, *tutze*, dira simplement *hoste*, action de refroidir ou de se refroidir, selon la locution et le verbe auxiliaire. Ce qu'il n'empêche pas les auteurs navarrais d'écrire *hotz*, froid, *vocatif* indéfini; et *hotça*, *vocatif* et nominatif du singulier, froid, le froid. Il ne se font pas le moindre scrupule de changer le Z du radical en C, Ç, devant toutes les désinences de la déclinaison euskarienne aux trois modes. L'orthographe des Basques de France est entièrement à réformer.

« Il y a dans cette déclinaison basque des règles d'euphonie, qui placent un *z* et un *e* sur les radicaux en *z*, devant les terminatives du mode indéfini : T*e*, cessant d'être euphonique, sert à former les cas ou terminaisons du pluriel. De *hotz*, froid, *bihots*, cœur, on dira : *hotzes ikhora nago*, je suis tout tremblant de froid; *hotzak ezda ou ezta*, il ne fait pas froid, il n'y a pas de froid : *bihotzic ezdu ou ezto*, il n'a pas de cœur : conjugaison navarraise. Ira-t-on, à l'avenir, défigurer l'orthographe du radical, et à cause d'une voyelle caractéristique du pluriel, ou simplement euphonique mettre *te* pour *tz* devant les terminatives *c*, *a*, *n*, *tan*, *tar*, *talic*, *lanic*, *tara*, *taço*, etc., etc.? Je soutiens que cette méthode serait anti-grammaticale et barbare. Les Basques-Espagnols ont seuls conservé le *z* devant la voyelle *a*, particule caractéristique du mode singulier. Mais le *n*, terminative que nous traduisons par en, dans, donne au singulier : *bihotzean*, *bihotzian*, dans le cœur : dans les deux grands dialectes. Traduisons de droite à gauche *bihots-i-a-n*, selon la règle de la syntaxe euskarienne ; nous avons : *n*, dans, *a*, le (*i* euphonique), *bihots*, cœur. Enfin, il y a une variété de dialecte navarro-souletin qui dit par syncope *bihotxin*, comme si cette terminative avait fourni aux Romains l'une des prépositions de leur langue. Je vous déclare, vénérables collègues, que je ne saurais me résoudre à écrire et imprimer *bihots*, *bihotça*, cœur, le cœur. Il me répugnerait tout autant de mettre *bihotcean*, *bihotcian*, Du mot *goiz*, matin, on fait *goixa*, le matin, la matinée, et dans une locution qui réunit deux modes de déclinaison, *goixian goixetic*, de bon matin, de grand matin. Je refuse d'écrire *goician*, *goicic* ; je propose d'établir pour règle que le *z* radical des mots euskariens sera religieusement conservé en déclinaison aux trois modes. »

La proposition est adoptée à l'unanimité, et par acclamation.

SÉANCE IX.

Le Z est à la tribune.
— «Estimables collègues, dit-il, le S, tou-

jours malintentionné, se demande pourquoi j'ai pris le H à partie, de préférence à tout autre caractère de l'alphabet euskarien. Je l'ai fait, parce que le H représente une aspiration navarraise, inusitée dans les dialectes biscayen et guipuzcoan ; et que, dans une réforme d'orthographe où un seul dialecte navarrais se montre rebelle, j'ai cru ne pouvoir mieux confier qu'un H la défense de ce dialecte. Le journal qui a la bonté d'insérer le compte-rendu de nos séances, était lu en Espagne, à Madrid, et dans les cercles littéraires de Bilbao, Pampelune, Saint-Sébastien et Vitoria, aussi bien que dans le Navarre française, il vous importe de faire attention que les questions à résoudre intéressent la généralité des Provinces Basques. Nous en étions à l'emploi du Z en conjugaison. Déjà Darrigol écrivait *nintzen*, j'étais, *hintzen*, tu étais ; cette orthographe était fort approuvée par les biscayens, les Guipuzcoans, les Bas-Navarrais et les Souletins, qui disent *nintzan*. J'ai compté 1,476 fois le Z devant *o*, *u*, dans le tableau de la conjugaison guipuzcoane du vénérable Larramendi, qui dans cette réimprimé : les auteurs biscayens n'hésitent plus à mettre le Z devant Z en conjugaison; et, l'auteur du Dictionnaire quadrilingue avait, tout le premier, converti en règle cette bonne méthode d'orthographe, dans un vaste paradigme de conjugaison basco-souletine publié en 1856. Notre lexicographe se flatte d'avoir suivi dans le tableau du verbe euskarien un classement méthodique singulièrement favorable à la clarté des formations grammaticales. Par exemple, il s'était contenté de fournir, pour la conjugaison à l'indicatif du présent de *niz*, *nais* ou *naz*, etc.; je suis, tu es, il est, nous sommes, vous êtes, ils sont, deux cent trente inflexions usuelles en un seul dialecte; il se bornait à indiquer la conjugaison interrogative, négative, adverbiale, richesse merveilleuse qui porte à 1,045, si j'ai su bien compter, le nombre des formes conjugatives pour l'indicatif présent en un seul dialecte. Le tableau complet du verbe euskarien réclame forcément la même accroissement proportionnel pour tous les autres temps et modes de conjugaison, avec ceci de remarquable que, dans la conjugaison à *dut*, *det ou dôt*, j'ai, je suis ayant, qui exige l'expression des régimes représentés en français par le, la, les, les inflexions grammaticales sont encore plus nombreuses dans chaque dialecte. Vous pouvez juger par là, estimables collègues, si l'auteur du Dictionnaire quadrilingue est disposé à faire le sacrifice d'un *z* que les cinq grands dialectes euskariens ne peuvent se dispenser d'employer trente mille fois. Et quand je vous dis 30,000 fois, vous pouvez me croire ; ou plutôt, prenez cinq enfants de douze ans, un par province, et chacun d'eux vous récitera en son dialecte, par milliers, les formes de conjugaison par *z*, qu'il apprit en naissant, et qu'il connaît très parfaitement. Bien mieux, prenez le premier homme intelligent qui vous tombera sous la main; je dis un homme qui n'ait jamais entendu parler de conjugaison euskarienne; et sans aucune préparation, sans autre travail que de lui expliquer en peu de mots quelques règles de formation grammaticale, sur un simple paradigme de conjugaison à la première personne, tout bon lexicographe lui donnera la satisfaction, je ne dis pas d'apprendre, mais d'inventer, d'improviser, sans se tromper, par centaines, des formes conjugatives qu'il n'avait jamais entendu prononcer, et qu'on lui montrera écrites ou imprimées, à mesure qu'il les devinera. Ceci est un divertissement que l'auteur du Dictionnaire quadrilingue se donnait à Paris, il y a vingt ans, et

qu'il s'est donné à Bayonne, il y a quinze jours; car il ne s'agit pas de faire le pédant, et d'attacher un profond mystère à des choses qui n'ont rien de difficile, parce qu'elles sont la langue mère émanée de l'inspiration de Dieu !.

Revenons à l'orthographe.
On dit en euskarien *ni*, moi, *hi*, *toi*, *zu*, vous singulier. Notre lexicographe entend écrire *zu*, vous, par *z*, à l'exemple des Basques-Espagnols Il conservera ce *z* devant *i* dans le dialecte navarro-souletin, qui dit au nominatif pluriel *siec*, vous autres : l'auteur ne croit avoir besoin en cela de la permission de personne. Et quand il s'agira de dire avec les Basques-Labourdins *zitzaut*, vous *m'êtes*, *zitzaucu*, vous nous êtes, *zitzaca*, vous lui êtes, *zitzaiota*, vous leur êtes ; il se gardera bien d'écrire, comme Darrigol, *citçaut*, *citçaucu* : système routinier, qui fait disparaître le *zu* pronominal et étymologique à la première syllabe, et qui viole, à la seconde syllabe, la loi d'unité d'orthographe entre Euskariens. Cette double règle est également violée, lorsque l'on écrit avec Darrigol, par un Ç, la conjugaison de l'impératif, en dialecte labourdin, au lieu d'écrire : *zazkiat*, soyez à moi, *zazkigu*, soyez à nous, *zazkio*, soyez à lui, *zazkiota*, soyez à eux, vous singulier, *zazkiçu*, soyez à eux.

« L'auteur du Dictionnaire déclare qu'il conservera toujours le même *z* devant *i*, comme représentatif du pronom *vous*, singulier et pluriel, à la personne de l'imparfait : *zinitzautan*, vous m'étiez, *zinitzaucun*, vous nous étiez, *zinitzacon*, vous lui étiez, *zinitzacoien*, vous leur étiez, et de même devant *o*, à tous les autres temps du verbe en tout dialecte. Maintenant, que le Navarro-Souletin dise *zakitzat* à l'impératif, le Labourdin *zazkiat*, le Guipuzcoan *zakizkit*, le Biscayen *zazkidaz*, etc., peu importe : la richesse et la variété des dialectes euskariens ne doit changer en rien l'unité et la régularité de l'orthographe nationale. Tel dialecte navarrais dira, au pluriel : une fille, à un garçon, *zautazu*, *zautan*, *zautac*, il m'est, il est à moi. Mais si, par hasard, le dialecte souletin, depuis nous ne savons combien de siècles, dit, en parlant au vous singulier, au toi masculin ou féminin, *zitzas*, *zitan*, *zitac*, le lexicographe ne consultera jamais à écrire *citaçu*, *citan*, *citac*; le Z n'était pas moins régulier et grammatical à la troisième personne, par deux raisons qu'il est inutile d'expliquer. En outre, l'incorrection du Ç, à des premiers pas, ferait trébucher le lexicographe contre une autre formidable loi grammaticale, sur les formations de la conjugaison négative. Choisissons nos exemples. Le Navarro-Souletin dit *zira*, et *sirade*, vous êtes, vous singulier ; le Guipuzcoan et le Biscayen, *zara*, *zare*, *sara*; et le Labourdin *zira*; *z* pour *zu*. De cette forme conjugative dit-il mot substantif *ez*, traduit en français par non, adverbe négatif, le premier dialecte fait la conjugaison négative *etzira*, vous n'êtes pas, etc., six mille etc! Qui ne voit du premier coup d'œil, que ce *z* dental n'est qu'une syncope de prononciation, une simple contraction articulative représentant le *z* de *ez* et celui de *zu*. Vienne maintenant un ergoteur qui s'obstinera à écrire *etcira*, en escamotant le double Z, représentatif de ce pronom, c'est-à-dire de ce qui est l'essence même et le signe caractéristique de cette forme du verbe euskarien; tout linguiste impartial lui décernera sans hésiter un certificat d'incorrection et de routine opiniâtre.

« Autre question importante : selon la désinence des radicaux conjugatifs, les dialectes euskariens forment avec la terminative *te* les substantifs déclinables que nous traduisons par les infinitifs des langues analytiques; cette terminative, que les autres dialectes changent en *tze*, selon le radical, est généralement employée par le très vénérable et très beau dialecte biscayen; *alteratzea, sartutzea*, etc., tantôt sur le radical simple, tantôt sur le dérivé formé à l'aide de la désinence *tu*, représentant notre participe français. Nous mettons à ces mots l'a déclinatif, puisque cet *a* est également bien placé sur le vocatif et nominatif du singulier. Les dialectes navarrais disent ici, au lieu de *tze, tzea: altheratzea*, mettre dehors; *sortu, sartzea*, entrer, mettre dedans; où avec l'article, le sortir, l'entrer, comme si nous disions le manger, le boire, le dormir. D'où vient ce *tze*? Des deux désinences *tu, du*, traduites par notre participe français, la seconde transformée en dentale forte par contraction, et toutes les deux déclinées au mode indéfini par Z, l'un des cas majeurs de cette déclinaison euskarienne : *atheratu*, par sorti ou sortir; *sarthuz*, par entré ou entrer; *galduz*, par perdu ou perdre; *salduz*, par vendu ou vendre. De là, primitivement, *altheratuzea, sartuzea, galduzea, salduzea*, et enfin, par syncope dans nos dialectes orientaux, *altheratzea*, le sortir, la sortie; *sartzea*, le rentrer, l'entrée; *galtzea*, le perdre, la perte; *saltzea*, la vente. Relisons encore que le *tze* du mode indéfini se change en *tzea* au vocatif et nominatif singulier, en deux dialectes. Après cela, estimables collègues, celui qui s'aviserait d'écrire par *tce, tcea, tcia*, au mépris de la formation grammaticale et de l'étymologie par déclinaison, ces dérivés, dont le déclinaison sert encore à traduire le participe présent des langues analytiques; celui-là mérite-rait, à mon avis, qui est certainement le vôtre, une triple couronne d'ignorance grammaticale et de ridicule opiniâtreté. » (Applaudissements.)

L'emploi du Z en conjugaison est voté à l'unanimité par les membres présents de l'assemblée typographique. Le C, le K et le Q ont demandé la parole; le C, qui s'était fait inscrire le premier, se montre à la tribune, où il brille en forme de croissant. Il est écouté avec une attention parfaite et une extrême bienveillance.

Le C. — « Vénérables collègues, les caractères qui ont manqué de respect à la grammaire n'attendent pas les discussions grammaticales. Les lettres qui ne cherchent que la vérité ou lexicographie, pardonnent aux vaincus leur mauvaise humeur, et répriment tout accès de vanité chez ceux qui ont obtenu justice. Le Z a bien parlé, et pendant longtemps je proposais qu'il reste enseveli dans son triomphe, et que la parole lui soit interdite, d'ici à la fin de la discussion : c'est comme si je disais jusqu'à la fin des siècles. »

Un immense éclat de rire part de tous les casseines, et la proposition est adoptée par acclamation.

Le C. — « A part la loi d'unité entre dialectes, j'entrevois la règle en vertu de laquelle le Z s'est voulu rendre maître de la troisième personne en conjugaison; c'est un champ de bataille que je lui abandonne bien volontiers; mais comme il a fait sa belle part, j'entends faire aussi la mienne. Remontons à l'A B C : il est beau de tenir le genre humain par la langue; on ne saurait le prendre de plus court, et la prise est bonne. Il s'agira plus de bien comprendre l'état de la question; car toute question bien posée est à demi résolue. Les rebelles à la bonne méthode d'orthographe écrivent en euskarien *ca, que, qui, co, cu*; avec ou sans cédille, *ça, ce, ci, ço, çu*; et avec

aspiration *kha, khe*, etc. Il y a des linguistes espagnols qui demandent à écrire *qe, qi*; cette orthographe serait celle de l'école arabe; le lexicographe n'en veut pas. Il propose d'écrire uniformément avec la sifflante, *za, ze, zi, zo, zu*; avec la gutturale forte, *ka, ke, ki*, etc.; avec la gutturale aspirée, *kha, khe, khi*, etc. Il m'offre à moi, C latin, de larges exceptions, et le respect de l'usage établi, toutes les fois que la règle d'unité, les lois étymologiques et les dérivations grammaticales ne s'y opposeront pas. Il est certain que, si l'on s'en tenait aux convenances de la langue et de l'alphabet euskarien, cette méthode serait préférable à toute autre. J'avoue que le Z pourrait me remplacer sans peine, à la grecque et à l'italienne, dans des mots latins-biscayens; tels que *decocrin, dévotion, boudicino, bénédiction*; et même, sans le moindre inconvénient, dans tous les autres mots de la langue devant e, i : c'était le sentiment de Darrigol. Sur cela, je demanderai aux plus instruits, où se trouve la raison d'exception qui me permettrait de me figurer devant ces deux voyelles. Il ne faut point se le dissimuler : le K français, qui ne ressemble point au cappa minuscule ou bas de casse des anciens Grecs, choque la vue des lecteurs, surtout à la fin des mots; il a une figure de licorne. Comment ferai-t-il pour se transformer, en typographie? Je prie le K de me dire en quel cas il aura l'ambition de me remplacer devant a, o, u, et même à la fin de beaucoup de mots, grammaticalement. »

Le S. — « Je demande la parole. » (Voix nombreuses : Parlez, parlez ! A la tribune !)

Le S est à la tribune.

SÉANCE X.

Le S est à la tribune : il avoue que c'est fort innocemment, et par suite d'une faute d'impression, que les journaux ont changé en *zacon* le *zacon* du verbe euskarien. Chacun reconnaît le ce détail, que le S, terrible sifflante palatale des Euskariens et des Chaldéens, aime à vétiller.

Le S. — « Vénérables types d'imprimerie, il y a plus de quatre mille ans que nous savons cela : chaque peuple s'innocenta vanité de s'attribuer l'invention des arts qu'on importa chez lui. Toutes les histoires des peuples de la seconde antiquité commencent par des fables, poétiques même, et il n'est pas surprenant que les savants modernes aient puisé à cette source, corrompue beaucoup plus d'erreurs que de vérités. Le C est la troisième lettre de l'alphabet apporté d'Arcadie dans le pays des Latins par Évandre, dit-on; et Cadmus donna aux Grecs les seize premières lettres de leur écriture. Croira qui voudra. Pline et Plutarque disent que ces lettres étaient au nombre de seize, Aristote en compte dix-sept, et Isidore dix-huit. Les modernes soupçonnent, avec quelque apparence de raison, que Cadmus communiqua aux Grecs les vingt-deux lettres dont l'alphabet phénicien était composé. A ce compte, les auteurs qui prétendent que Palamède inventa quatre caractères, qui servirent de mot de ralliement aux Grecs pendant toute la durée du siège de Troie, mentaient : ils en étaient bien capables. Ceux qui attribuent à Simonide l'invention des quatre autres lettres, faite à la soixante-unième olympiade, six cent cinquante-un ans après (zita ou zeta, hita ou heta, psi et oméga), n'étaient pas plus véridiques. Mais les Phéniciens eux-mêmes, navigateurs et marchands, de qui nous n'avons pas aujourd'hui le plus petit fragment de littérature ou de texte, les Ibères espagnols. Strabon ne nous a point dit que les Euskariens de la Bétique avaient

reçu l'écriture dont ils se servaient pour copier les poèmes qu'ils montraient de son temps, et auxquels ils accordaient six mille ans d'antiquité. En admettant que les années eus-kariennes ne fussent que de six et même de trois mois, ce qui n'est pas vraisemblable, mon objection reste dans toute sa force. Or, le nom de *urte, urthe*, que les Basques donnent toujours à l'année, signifie inondation; et prouve que les Euskariens comptaient d'abord leurs années par le débordement de quelque fleuve; et il n'y a pas de fleuve au monde qui ait, tous les trois ou six mois, un débordement périntique et régulier. Il n'est pas besoin de parler de celui du Nil. (Approbation générale.)

« Le C est donc la troisième lettre de l'alphabet arcadien. Suivant que l'on écrit le dos tourné à l'un des quatre points cardinaux, ce C est un véritable croissant de lune, qui regarde l'orient et l'occident, le nord et le midi, dans l'alphabet romain et dans l'alphabet étrusque. On ne connaît pas la forme qu'avait cette lettre dans l'alphabet ombrique et eugubien. Elle a, en outre, la forme d'un angle droit dans l'alphabet étrusque, ainsi que dans les inscriptions osques ou samnites du sixième siècle de Rome. Ce n'est que dans l'hébreu des médailles et dans l'alphabet grec antique, que le C s'élève majestueusement en forme de potence. (On rit.) Mais je défie les plus érudits de savoir nous dire au juste quelle était la véritable prononciation de cette articulation, c dur ou sifflant, s, j ou k; chez les peuples italiques de la seconde antiquité. Pour nous, qui savons la vérité des choses vénérables euskariennes, et sans avoir besoin de faire remonter aux Euska-riens primitifs la création de l'écriture occi-dentale, nous nous moquons très fort de toutes ces belles discussions. En typographie, il s'agit beaucoup moins de découvrir d'où viennent les lettres dont on se sert, que de savoir ce qu'elles valent actuellement et le parti qu'on en tirera (Très bien ! très bien !). Comme gutturale, le C est énergiquement repoussé par le K dans beaucoup de mots euskariens; et la place qu'il avait usurpée comme sifflante et dentale, vous venez de la rendre au Z. Je suis d'avis qu'avant de passer outre, on décide quel rôle le C est appelé à jouer sans conteste dans l'alphabet euskarien. Partant de là, toutes les questions à résoudre seront nettement posées.

Le H. — « Parfaitement ! Entre parenthèses, je dirai à l'auguste assemblée que je me suis réconcilié avec le Z depuis qu'il ne parle plus. Nous avons échangé une poignée de main; et quoiqu'il ne m'ait rien dit, j'ai lu dans ses yeux qu'il est content de moi. Je lui servais de com-père; je n'ai résisté à l'évidence que pour la mieux faire briller. Pour moi, estimables collègues, je ne suis pas une aspiration romaine, voilà pourquoi je suis venu dans l'alphabet castillan, et tout aussi nul dans les mots français dérivés du latin. Les lexicographes m'accusent d'être un hiéroglyphe incompréhensible dans beaucoup de mots. Les doctes soupçonnent que j'ai pu passer des Euskariens-Ibères aux Grecs et aux Samnites, comme *hêta* primitif et *hê* aspiré. Disons ce qui est incontestable : je suis euskarien et navarrais; je représente une aspiration forte dans trois dialectes de cette langue; commun à la double consonne *ch* des Basques, des Espagnols et des Français, qui tout aussi nul dans les mots euska-riens *chuhu, hel,* propre; *chinaurri, fourmi; chilincha,* clochette, où le C doit être satisfait de briller avec moi dans les mots euska-riens *chuhu, hel,* propre; *chinaurri, fourmi; chilincha,* clochette, où le C fait au'il une révérence jusqu'à terre. »

Le S. — « *Ch* ne se figure que comme diminutif de dialecte dans quelques mots que l'on écrit et que l'on prononce par *s*, — *sarde*, *charde*, *fourche* ; *sardeisca*, *chardisca*, *fourchette*.

Le T. — « Le *ch* euskarien, devenu français, doit être respecté dans la multitude des mots où il figure seul, en prononciation ; mais il se transforme en consonne triple et dentale dans certains dialectes navarrais : je demande que l'auteur du Dictionnaire quadrilingue soit tenu d'écrire alphabétiquement *ch* et *tch*, selon la prononciation particulière de chaque dialecte, *chori*, *tchori*, oiseau ; *chipa*, *tchipa*, petit poisson, ablette, etc. Et cette proposition, je la fais à cause de mon grand respect pour les dialectes : il ne faut pas que les Basques de telle province s'amusent à oublier leur propre dialecte pour apprendre celui de leurs voisins. » (Adopté.)

Le Gr monte à la tribune, avec un sourire dans ses petits yeux, et fait entendre une espèce de grognement. (Le S dit à son voisin : *Notre collègue gros et gras va débuter par les choses les plus raisonnables, et finira par dire quelque sottise*.)

Le Gr. — « Je prie la vénérable assemblée de faire attention qu'il ne faut pas empiéter sur les droits du *z* et du *ts* dans les mots où le *ch* ne se montre que comme variation de dialecte ou comme diminutif. Que l'on écrive *chilo*, trou, et *chilotse*, *chilatse*, action de trouer, je le veux bien ; mais que ce soit, sans détriment des dialectes qui disent, avec ou sans augmentatif, *zilo*, *zulo*. Ici l'intrusion du C initial serait barbare, et contraire à l'unité d'orthographe entre dialectes. Le Souletin et le Bas-Navarrais diront *acheri*, renard ; mais respectons l'orthographe et la prononciation des dialectes qui font *azeri*, *azori*, avec Larramendi. Du *ts* au *tch*, il y a la distance de l'augmentatif au diminutif, la même distance que des dents aux gencives supérieures. Ces deux sifflantes ne sont autre chose que le *z* dental, le *ch* gingival renforcé. On dit *chori*, *tchori*, oiseau, et *tsori*, d'un gros oiseau dont on veut railler ou faire ressortir l'instinct résolu, surtout au figuré, et en parlant des personnes. L'euskarien, langue en cela incomparable, a même des augmentatifs dans les diminutifs. Écrivons *charri*, *cherri*, avec Larramendi, et ailleurs *tcherri*, en l'honneur de tel dialecte et de l'hom pourceau ; mais je réclamerai le *z* au lieu de *c* dans les mots *zarri*, *zerri*, *tserri*, en faveur de l'augmentatif et du troupeau qui a pour patron le philosophe Épicure. (On rit. Adopté! Adopté!) Respect aux truffes ! le *trufa*, mot euskarien (On rit plus fort). Épicure, vénérables collègues !.... (Les cris des cassetins interrompent cette belle apostrophe, et des éclats de rire couvrent la voix de l'orateur, qui descend en grognant de la tribune. Silence, messieurs ! silence !)

Le S. — « Le passage du diminutif à l'augmentatif prescrit l'orthographe qui a été adoptée ; mais il me semble que la discussion s'égare. Nous avions décidé que nous nous occuperions d'abord des mots dans lesquels le C initial doit être placé de préférence devant *a*, *o*, *u*, comme gutturale forte. »

Le C. — « Je demande à ne pas être expulsé des mots *cantari*, chanteur, chanteuse ; *carats*, amer ; *cordoca*, chancelant ; *cuncurtze*, se courber ; *cuia*, citrouille, etc. »

Le K. — « L'unité d'orthographe entre dialectes exige que vous le soyez. J'en appelle à l'assemblée. — Les Basques-Espagnols n'ont point de voyelles aspirées en prononciation ; mais il serait irrégulier d'écrire pour eux avec un C les mêmes mots que les Navarrais aspirent avec force, *khantari*, *kharats* et *khirats*, *khordoca*, *khunkhurtze*, *khuia*. La présence d'une aspiration n'autorise pas à passer ainsi

d'une lettre à une autre pour les mêmes mots, dans un Dictionnaire national où tous les mots et leurs définitions doivent être classés alphabétiquement. Tout ce que l'on peut accorder en vertu des règles lexicographiques, c'est que la série des mots imprimés avec la vieille orthographe, c'est que la série des mots en C, sans traduction ni définition aucune, sera admise dans le Dictionnaire : *Carats*, *Voyez Karats*. En travaillant pour l'avenir, notre lexicographe sait très-bien tout le respect qu'il doit aux éditions déjà publiées et aux chefs-d'œuvre que le passé nous a légués (Bravo ! Bravo!). »

La proposition du K est adoptée à une forte majorité.

Le C. — « Je m'incline devant les décisions de l'assemblée typographique. Le K a grandement raison de se frotter les mains ; j'ai reçu une profonde blessure comme consonne initiale. Le K s'est encore vanté de me remplacer avec avantage, grammaticalement, à la fin des mots. Le K, pour devenir un peu périlleux, n'a qu'à s'apprête à rire, à mon tour, de voir la figure qu'il y fera.

Le K. — Cette figure ne sera pas à beaucoup près aussi ridicule que le C se l'imagine, pour peu qu'il me prenne fantaisie de me transformer en véritable cappa grec, minuscule ou bas de casse, assez semblable, par exemple, à celui que l'on voit dans un alphabet imité en entier du grec, à l'extrémité opposée de l'Europe. Ne voilà-t-il pas une belle difficulté, de rentrer tout simplement une petite corne qui blesse les yeux des regardants ! Le C, pour devenir sifflant, l'e guttural qu'il était, s'est bien attaché une queue ou cédille devant *a*, *o*, *u* : queue de renard qu'on ne voit dans aucun ancien alphabet, et qu'il a déjà perdue en Espagne. Battu sur ce point par le Z, il se présente écourté, devant moi ; mais avant de toucher à la question grammaticale, je voudrais bien savoir si le *Qu* a renoncé philosophiquement à figurer devant *e*, *i*, au commencement des mots.

Le Q. — « Plutôt mourir !

Le K. — « On vous laisse tout doucement.

Le Q. — « Quoi ! vous ne voulez pas me laisser avec Larramendi et les anciens auteurs espagnols, dans les mots *que*, fumée, obscurité ; *quecho*, fumée légère ; *quedarra*, suie ; *quenu*, signe, démonstration extérieure ; *quilicor*, chatouilleux ; *quillua*, quenouille, etc., mots primitifs, s'il en fut jamais ?

Le K. — Impossible ! déjà la condamnation a été jugée contre le C guttural devant *a*, *o*, *u*, dans les mots où les dialectes aspirent les voyelles. Le *gu* devant *e*, *i*, jouant le même rôle de consonne forte et gutturale, et ne peut être maintenu, au commencement , au milieu et à la fin des mots où ces deux voyelles sont aspirées par les dialectes. On écrira en biscayen et en guipuzcoan, *ke*, *kedarra*, etc., par règle d'unité d'orthographe entre Euskariens, et par devoir lexicographique , par égard pour les dialectes navarrais qui écrivent forcément *khe*, *khedarra*, *khenu*, *khiloa* : et l'on mettra *iguzki*, *eguzki*, soleil, par un *k*, avec les deux autres dialectes qui disent par syncope aspirée, *ekhi*. Le *que*, qui non aspiré en tout dialecte, disparaître de l'orthographe en déclinaison, conjugaison, et comme terminative d'adverbe. De Darrigol à l'auteur du Dictionnaire quadrilingue, de 1827 à 1855, la nouvelle orthographe a prévalu : les Biscayens ont magnifiquement adopté la réforme. Il serait trop fastidieux, en effet, d'écrire *banaquiguzu*, pour *banakikezu*, etc. : syllabes qui se reproduisent en conjugaison par centaines et par milliers dans chaque dialecte!

Le C. — « C'est à la fin des mots que je vous attends, K mon ami. »

Le K. — « C'est là que vous me retrouverez, C notre cher, après la première livraison du Dictionnaire quadrilingue, qui sera distribuée demain, samedi 24 mars. Prenez date. »

La séance est levée au milieu des marques non équivoques de satisfaction lexicographique.

SÉANCE DE CLOTURE.

L'A B C est à la tribune : il parle d'une voix douce et grave ; un air d'irrésistible autorité brille sur le front du président de l'assemblée typographique : tout annonce une séance intéressante, dans laquelle les questions les plus difficiles seront résolues avec autant de simplicité que de clarté.

« Vénérables frères, dit-il, à notre dernière séance du 24 mars, il y a un an de cela, le C avait dit au K : C'est à la fin des mots que je vous attends, et le K répondit sur-le-champ : C'est là que vous me retrouverez, C notre cher. La question était bien posée ; et c'est moi qui la résoudrai aujourd'hui. Ce point d'orthographe est le seul qui divise encore les Basques instruits ; et sur tout le reste, j'ai la satisfaction de vous annoncer que notre système d'orthographe a obtenu l'assentiment universel. Dès le premier jour, nous avions déclaré que nos délibérations avaient pour but de provoquer publiquement la critique et les objections des phileuskariens. Il ne nous reste plus qu'à dissiper les doutes qui survivent encore dans quelques esprits, et qui viennent de se produire dans le *Messager* (*), après un an de méditations sérieuses. C'est notre devoir et notre droit de répondre à cette critique et à ces objections ; et nous le ferons avec le même sentiment de bienveillance que nous avons apporté à nos dictées. Toute marque d'approbation ou d'improbation est sévèrement interdite ; je le rappelle à l'ordre ; s'il insiste, il sera chassé (Silence profond).

« Le R euskarien est doux, entre deux voyelles : les vibrations de la langue sous la voûte palatine produisent le R dur : articulation que l'on représente par le double *rr*, entre deux voyelles. Rien de plus logique ; il fallait éviter d'écrire par un seul et même signe deux sons différents. On dit *eri*, malade; *erri*, rire. Mais je n'approuve pas, vénérables collègues, que l'on écrive, comme le critique, par le *r* simple (*ere*, aussi) *ere*, brûler. Jamais Basque n'adoptera cette orthographe ; il fallait, de toute nécessité, *arra*, *erre*, brûler. Le critique dira que ces lettres doubles n'existent que par suite d'élision ou de composition. Or le *rr* existe sans élision, et en dehors de toute formation grammaticale par terminatives, dans une foule de mots euskariens. Je vous citerai seulement la particule inséparable *arra*, marquant réitération de l'acte, et qui s'adapte par règle universelle à plus de douze mille mots conjugatifs et à l'infinité de leurs dérivés.

« La critique a remarqué que le R est doux dans *eremu*, étendue. Cela tient à la place qu'il occupe entre deux voyelles ; il est dur et se change en *rr* dans *erri*, *horri*, pays, et dans *erre*, brûler, que le critique écrit *ere*. Je m'aperçois, vénérables collègues, que l'on nous cite comme exemple un mot néologique, et qui n'est pas d'origine euskarienne. *Eremu*, en basque, ne signifie pas seulement étendue, mais désert ; c'est dans cette dernière et primitive acception qu'il est traduit dans le manuscrit de Silvain Pouvreau, écrit il y a

(*) Voir, au *Messager* du 25 mars 1856, n° 750, l'article publié par M. Antoine d'Abbadie.

deux siècles et revu par le docte Oihenart de Mauléon. Ce mot est pris du latin *eremus*, ou du grec *erêmos*, désert, solitude, lequel a fourni en latin *eremita*, en grec *erêmitês*, et de là en castillan *eremita*, *ermitaño*, en euskarien *eremutar*, *ermithaiñ*, *ermitaño* (ño diminutif), solitaire, ermite. Ne sortons pas, autant que possible, de la langue nationale et classique des Euskariens, dans nos discussions.

« Le critique désire voir quelques exemples du Z deux des Basques-Souletins; sifflante dont il avoue ignorer l'existence. S'il ne s'agit que de fournir ces exemples, nous en avons tout le loisir, *aisina*; nous les produirons à loisir, *aisinara*. On verra qu'en proscrivant les mots néologiques (comme les suivants), nous avons raison, *arrazu*; on en conviendra sans raisonner, *arrazunatu gabe*. N'aurions-nous pas raison, par hasard, *hasartes*? S'il faut parler pur euskarien, l'inspiration vient comme l'éclair, rapidement, *zartez*, *sart!* Un coup porté ou reçu s'appelle *zarta*. On frappe à droite et à gauche, *zipirt*, *zapart!* D'un sac qui crève par le trop plein, on dit que l'étoffe s'est déchirée, *zartatu*; d'un pétard qui éclate, ou de tout être vivant qui crève de la même façon, *zapartatu*. Éclat de foudre, coup de tonnerre, se traduisent, en bon souletin, par *uhulgu zaparta*. A ce bruit formidable, on a comme des sifflements d'oreille, *beharri ziunta bat*. Ces quelques exemples suffiront.

« Le critique complimente l'auteur du Dictionnaire quadrilingue, et le félicite d'avoir fait un pas dans la bonne voie en rendant le *d* mouillé euskarien par un *d* barré. En cela, l'humble lexicographe n'a fait autre chose qu'imiter les maîtres de la linguistique; le pas qu'on lui attribue n'est pas dû à son esprit peu inventif; il y a 80 ans qu'il a été fait par les savants qui ont écrit en lettres romaines quelques textes de langue orientale. Le *d* barré ou mouillé paraît peu important au critique; il reconnaît que le « lexicographe « est d'un avis contraire, peut-être avec « raison. » Sans le moindre doute.

« En effet, tous les *d* du dictionnaire peuvent devenir mouillés, dans le langage mignard que l'on tient aux tout petits enfants: une fillette de cinq ans qui prend l'aiguille et se met à coudre pour la première fois, est une demoiselle couturière, par diminutif et par un *d* mouillé, *ddandderri deñddarria!* mots charmants, qu'il faut écrire avec un *d* barré. Dans le langage sérieux, le *d* mouillé est un diminutif important: d'une forte branche, d'une grande corne, on dit *adar*, et les antennes ou petites cornes d'un insecte deviennent *oddar*, comme si l'on prononçait *adiar*. L'action d'ébrancher toutes les petites plantes, boiseuses ou non, les petits arbustes, est exprimée par *addaca*, *tu*, *tze*; les petites cornes qui pointent sur la tête du chevreau et de l'agneau sont appelées *addar*. Le nom le plus doux de Marie, en euskarien, est *Maddia*; la belette est appelée *julle* demoiselle, *andderb eigorria*; le plus joli des coléoptères trimères, la coccinelle rouge à sept points, la bête à Dieu, la bête de la Vierge, à qui les petites Basquaises demandent des nouvelles de la pluie et du beau temps, s'appelle *anddere cotta* (*tt* mouillé) *gorri*, demoiselle à cotte rouge. Enfin, vénérables collègues, le dialecte vasco-navarrais prononce par le *d* mouillé une foule de mots usuels, indispensables, qui lui forment comme un vocabulaire particulier dans plusieurs villages. Le Navarrais dit *ddeus* ou *dieus*, pour *deus*, rien. Jusqu'ici on a été forcé d'écrire *ycus*; orthographe vicieuse qui s'éloigne de la prononciation parfaite; les

Guipuzcoans et les Biscayens écrivent *añyere*, faute de pouvoir mieux faire: incorrection ou inexactitude que l'on ne saurait reprocher à ces auteurs, quoiqu'elle dépare leurs écrits, et qui disparaîtra par l'adoption du *d* barré en typographie euskarienne.

« Le critique propose de remplacer par le *c* italien devant *e*, *i*, le *tch*, articulation éminemment euskarienne, dont le lexicographe n'a point parlé, comme on le constate. Il n'en a point parlé, parce qu'il n'y avait rien à en dire. L'innovation proposée est inadmissible. En effet, si l'on remplace le *tche*, *tchi* euskarien par le *ce*, *ci* italien, comment s'y prendra-t-on pour écrire le *ch* simple? Les deux articulations sont également usitées, avec ceci de particulier, que le *ch* d'un dialecte se change en *tch* dental dans un autre dialecte pour les mêmes mots. Ici l'orthographe ne saurait être la même: et comment concilier cette différence de prononciation provinciale avec le *ce*, *ci* italien? Première impossibilité. Le *ch* est le diminutif universel du *ce*, *ci*, du *s* et du *ts*, au commencement, au milieu et à la fin des mots: *cizari*, gros vers de terre, *chichari*, ver ordinaire ou plus petit: pincer avec le bout des doigts, *cimica*, *chimica*, *tu*, *tze*. Pouvreau place ces deux derniers mots l'un à côté de l'autre. Puis vient le Souletin, qui voudra écrire comme il prononce, avec la dentale, *tzimica*, *tchimica*. De l'augmentatif au diminutif, la nuance de signification n'est plus la même: comment différencier cette triple articulation, *ci*, *chi*, *tchi*, avec le *ci* italien? Deuxième impossibilité. — Même diminutif du *tu* ou *z* final, le *ch* s'applique à tous les mots de cette famille: *hotz* fait *hotch*, froid; *mingats*, *mingatch*, aigre, aigrelet, etc. Il y a en outre la série nombreuse des mots qui finissent en *ch*, *tch*: par exemple, *clitch*, grillon domestique; *kustutch*, *ttst*; *tututch*, bout de seringue: *tutuch*, imbécile, idiot; *tchotch*, petite branche coupée, baguette. Dans les hautes montagnes souletines, où l'on conduit les brebis par centaines de mille, pour y passer la belle saison d'été, entre les bergers qui les préservent des loups et s'occupent à tour de rôle des travaux de la bergerie, chaque *tchotch* représente un nombre déterminé de brebis auquel il faut un gardien. Comment remplacer le *tch* final par le *ce*, *ci* italien, et le double *tch* de *tchotch*? Troisième impossibilité. — Il s'en présente une quatrième; barrière grammaticale, insurmontable à notre avis. Le vocatif euskarien est en *a* pour tous les mots de l'idiome sans exception; et parce que cet *a*, jouant le rôle d'article et de pronom démonstratif, se traduit par le, la, celui, celle, ce, en déclinaison, toutes les désinences de la déclinaison au singulier sont une modification de cette particule importante: *a*, *ari*, *aren*, *areki*, *az*, etc. Nous ne pouvons écrire à l'italienne *coc* pour *tchotch*, et, bien moins encore, *coca* pour *tchotcha*. Un dialecte euskarien dit *catch*, cor au pied: mot pris de cet idiome par les patois romans; il est impossible d'écrire au singulier *caca* pour *cacha*, *catcha*. Les plus inviolables lois d'orthographe opposent donc une résistance invincible à l'adoption du *ce*, *ci* italien. Heureux les critiques! il leur est permis de ne prévoir que deux ou trois choses; un faiseur de dictionnaire doit penser à tout.

« Le critique admet que le Q s'est glissé par mégarde dans le tableau des lettres basques; le lexicographe ayant expressément banni le *qu* de la nouvelle orthographe. Ne confondons pas: il ne faut pas perdre de vue qu'un dictionnaire et une méthode d'orthographe classique sont choses bien distinctes. La méthode

enseigne à écrire les mots selon les règles qu'elle établit; le dictionnaire a pour première loi fondamentale de ne pas se renfermer dans ce cercle étroit, pour les mots qu'il doit porter par ordre alphabétique, et qui ont droit de figurer dans ses colonnes. La méthode est pour les auteurs des livres qu'on écrira et qu'on imprimera à l'avenir; et il n'est pas dit qu'ils s'y conformeront tous. A quoi servirait un dictionnaire, si l'on n'y trouvait point tous les mots que l'on cherche, orthographiés bien ou mal, tels qu'on les imprime par esprit de routine, ou tels qu'ils ont été imprimés dans les vieux livres euskariens qu'on veut comprendre ou traduire? Le Dictionnaire quadrilingue, en faveur de Larramendi, de ses imitateurs et de leurs lecteurs, mettra: Que, -a, Voyez *Ke*, *Khé*, fumée. La règle du *k*, établie par l'exigence des dialectes vascons qui aspirent la voyelle, a été parfaitement expliquée dans notre dernière séance. Ce n'est donc point par mégarde, mais dans un but très sérieux, et sous peine de rendre son dictionnaire inutile, que le lexicographe a placé le Q parmi les lettres de l'alphabet euskarien.

« Enfin, et nous l'avons hautement déclaré, toutes les lettres de l'alphabet doivent être respectées dans les noms littéraires, historiques, patronymiques et de famille. On ne saurait, sous les seules règles d'une orthographe plus régulière, méthodique et classique, obliger un Basque à écrire et signer autrement que ses pères le nom de famille qui constate son identité légale sanctifiée par les actes publics. Il y aurait impertinence intolérable à vouloir que l'on écrive par *ke*, sous prétexte d'innovation grammaticale, une foule de noms anciens et respectés qui abondent dans les provinces basques: *Quehoille*, *Quehoiltait*, *Quihiliri*, etc. Par cette raison, et par beaucoup d'autres, qu'il serait inutile d'expliquer, la démission présentée par la lettre Q fut repoussée dans notre mémorable séance du 19 décembre: « Cette démission « n'est point acceptée, par l'excellente raison « que si l'on bannissait le Q de l'alphabet « euskarien, les Basques ne sauraient plus « comment écrire historiquement et étymo- « logiquement les noms de Quellinus, Saint- « Quentin, Du Quesne, Du Quesnoy, Quevedo « de Villegas, Quinault, Quinte-Curce, Quin- « tilien, né en Navarre, et professeur d'élo- « quence à Rome sous les règnes de Galba, « Vespasien et Domitien; Quintilien, critique « sensé, grammairien parfait, écrivain doué « d'une imagination vive et brillante, mais « dont le style et les idées manquent parfois « de précision et de profondeur. »

Un bravo général éclate dans la salle. L'A B C président, n'a pas le pouvoir de mettre toute l'assemblée typographique à la porte, se couvre brusquement et fronce le sourcil. La séance est suspendue.

La séance est reprise au bout d'un quart d'heure. Le S fait remarquer que, dans la citation de deux mots recueillis par Silvain Pouvreau, les journaux ont mis *tcimica* pour *cimica*; ce qui rend la citation inexacte et affaiblit l'argument de l'orateur.

L'A B C monte à la tribune.

« Estimables collègues, il faut rendre justice au critique: en matière de discussion, le critique est celui qui blâme, censure; et critiquer signifie censurer; mais, tout en profitant de la liberté que l'on s'arroge en critiquant, notre censeur est d'une modestie que l'on ne saurait trop louer. Il songe volontiers à la situation d'un auteur qui se voit comme assiégé dans une forteresse dont il ignore le

4.

côtés faibles, et où l'ennemi peut pénétrer par mille issues; par les portes ouvertes et par les fenêtres, par les souterrains et par les toits. Que si, par hasard (cela s'est vu), le rempart que l'on croyait d'airain, était naturellement percé à jour comme un crible, il deviendrait facile d'y faire entrer l'orthographe d'un dictionnaire tout entier. « Nous aimons « donc à arrêter de temps en temps votre ha-« bitude de blâmer, pour tracer quelques mots « d'éloge. » Ayant dit cela, le critique loue le lexicographe de ne jamais doubler le s, entre deux voyelles; « mais il devrait en « faire de même pour le c, et surtout pour « le g. »

« En ce qui regarde le double g, la recommandation tomberait dans le vide, et ne s'appliquerait à rien, attendu que ce double gg est une articulation qui n'existe point en euskarien; mais le critique ne parle ici que du g placé devant ou entre les voyelles. Quant au c, il est aussi impossible de changer en euskarien que dans quelques autres langues de l'Europe, la double valeur de cette articulation. Cette valeur de gutturale et de sifflante est représentée par le double cc, qu'il est également impossible de supprimer dans les mots néologiques, à cause d'une règle fondamentale d'étymologie et de prononciation qui prescrit de le conserver. C'est ainsi que Silvain Pouvreau et Oihenart écrivent accione, action, en castillan accion, du latin actio. Il y aurait plus que de l'incorrection à écrire acione pour accione. Bien plus, la prononciation italienne du c devant e, i, préconisée par le critique, aboutirait tout droit à faire prononcer atchione; métamorphose que nous repoussons catégoriquement par un fou croisé d'argumentation dirigé contre la citadelle du critique. Partout ailleurs, le lexicographe a eu le bon esprit de supprimer le double cc de Silvain Pouvreau, admis par Oihenart, dans les mots acorda, tu, tse, acordu, acort, etc. Il est évident que, sous ce rapport, le lexicographe a pris de bonnes précautions, et qu'il est à l'abri de toute chicane.

« Le critique se révolte contre l'usage qui fait varier la prononciation d'une lettre-consonne selon les voyelles auxquelles s'unit l'articulation. Le lexicographe, qui s'est élevé plus que nul autre contre cette pauvreté de l'alphabet romain, n'y peut remédier que par le sacrifice du s doux des Basques-Souletins; sacrifice inévitable dans une langue où le s est doux ou fort dans les mêmes mots, entre deux voyelles, selon le dialecte. « Mais il « devrait en faire de même pour le c, et sur-« tout pour le g. » Assurément non. Il ne s'agit pas, pour le c et le g, d'un simple renforcement d'articulation, estimables collègues; et le critique n'a pas calculé les terribles conséquences de l'innovation proposée par lui.

« Quoi ! l'Italien met ca, ce, ci (prononcez tché, tchi); et vous ne voulez pas que le Basque écrive et prononce ca, ce, ci, comme le latin, le castillan et le français, vous qui recommandez le ce, ci italien en remplacement du tch basque! Du latin caput, tête, chef, l'Italien a fait capidno, capitaine; et le Basque n'oserait plus écrire capitaiu? Mais alors, que deviendra l'étymologie latine par le mot caput? Le c, devant e, i, vous le remplacerez en euskarien par le z, peut-être; rien de mieux pour les mots purement euskariens, si les lecteurs et les auteurs y consentent; mais pourquoi défigurer ainsi les mots néologiques pris du latin, dans lesquels l'usage et la loi de l'étymologie prescrivent de conserver le c? Silvain Pouvreau écrit ceguta, ciguë, en castillan cicuta, ciguta, en latin cicuta. Direz-

vous que ce mot n'est pas latin? On sait le contraire. Écrirez-vous seguta? Le lexicographe se gardera bien de vous imiter; il respecte trop le latin, les latinistes et l'étymologie pour cela. Et où en serions-nous, grand Dieu! si, du mot grec-latin coelum, qui a fourni à l'italien cielo, au castillan cielo, à l'euskarien celu, ceru, ciel, nous allions imprimer pour les Basques selu, seru, ou prononcer tcheru, tchelu, à l'italienne, avec le critique? car il faudrait de toute nécessité, changer la prononciation nationale ou violer l'orthographe étymologique! Ici le c est de règle en prononciation nationale et en orthographe euskarienne; et le lexicographe n'aura garde de braver en cela l'usage établi. Le mot néologique cincha, cinguilla, sangle, sera écrit avec un c dans le Dictionnaire quadrilingue, parce qu'il vient du latin cingula; et on ne le prononcera point à l'italienne avec le critique; car ce serait changer le mot, en disant chincha, tchinitcha, tchinitchila, sonnette, clochette. On défie le critique d'opposer à cela une règle qui puisse contenter un homme sensé, un latiniste, un linguiste, un philologue.

« Avant tout, estimables collègues, quand on règle l'orthographe d'un mot euskarien, il faut tenir compte de son origine et de sa valeur, si ce mot est un néologisme. L'étymologie en ceci n'est point à dédaigner; car elle est traditionnelle, historique, classique, et ne sera jamais contestée que par les ignorants. Évitons de confondre, ainsi que fait le critique, ce qu'il importe de séparer : nous n'avons à parler ici que de l'étymologie grammaticale applicable à l'orthographe des mots. Il faut faire deux parts dans cette classification : celle des mots pris dans le grec, du latin ou d'ailleurs par l'euskarien. Sur le premier point, et sur le sens le plus grand, s'il prenait fantaisie à n'importe qui de fournir l'étymologie des mots euskariens, quant à la définition des idées qu'ils expriment, libre à lui de le faire à ses risques et périls, à son point de vue particulier. Le lexicographe a déclaré que la nature de son travail excluait toute investigation de ce genre; sous ce rapport, il ne dépassera jamais les limites grammaticales que les grands lexicographes se sont imposées dans les dictionnaires classiques grecs et latins. Relativement aux mots basques dont il est tenu de prouver le néologisme par voie d'étymologie comparée, il ose espérer que les auteurs les plus classiques de l'Université de France et ceux de l'Académie espagnole ne verront pas sans intérêt ce travail; soit que le lexicographe suive les indications des maîtres, soit qu'il pense devoir prendre une opinion différente de la leur. Sur ce terrain, et tout en se demandant si l'auteur observe à fond les règles d'évolution qui doivent régir la langue basque, le critique se convaincra, bientôt peut-être, de cette vérité, qu'il ne les a pas trop respectées lui-même en matière d'orthographe.

« J'arrive tout naturellement au g, qu'il reproche au lexicographe d'avoir beaucoup maltraité. Est-il raisonnable de faire comme le critique, et de donner au g devant a, l'articulation gutturale du gamma grec; d'écrire gizon, homme, au lieu de guizon? Darrigol était de cet avis; mais, cette fois, il n'était que le représentant du dialecte labourdin, dans lequel le g des autres dialectes se change en i, y, selon la prononciation qui lui est particulière. On ne saurait baser sur cette exception l'orthographe d'une langue. L'opinion de Darrigol et celle des Labourdins qui pensent encore comme lui, est précisément ici la seule

qui ne puisse faire autorité; et je prédis, moi l'A B C, qu'elle ne prévaudra jamais chez les Basques. Du latin gens, gentis, le français dit gens, gent, le castillan gente, l'italien, gente, et quatre dialectes euskariens sur cinq, gente. Que le Labourdin écrive iende, yende, on tiendra compte de cet usage dans le classement alphabétique du Dictionnaire national; mais le latin gens ayant pour radical classique genere, gignere, engendrer, enfanter, pourquoi le critique recommande-t-il de changer cette orthographe irréprochable et consacrée par l'étymologie latine? Il prononcerait ghente, dans son système, qui fait du g gingival euskarien une consonne gutturale, un gamma; il ferait comme le grec, qui dit ghignomai, ghennao au lieu de prononcer gigno avec le latin : singulière réforme! Ou bien il écrirait iende, aux dépens de l'orthographe étymologique : triste innovation ! L'orthographe du Labourd ayant sa belle part dans le Dictionnaire national, pourquoi changer, avec la prononciation des lettres de l'alphabet, celle des Biscayens, des Guipuzcoans et des Navaro-Souletins ? A aucun point de vue, estimables collègues, foi d'A B C que je suis ! il ne m'est possible d'être de l'avis du critique; le lexicographe fera bien de ne pas s'y arrêter, et de s'en tenir à la méthode dont nous lui avons sagement tracé toutes les règles.

« Encore un ou deux exemples, et tout sera dit. Du latin genus, generis (en grec ghénos), genre, famille, race, est formé l'adjectif generalis, qui convient à tout, universel : d'où en français de la dérivation, général, adjectif et substantif, général, d'armée, en italien generále, general d'armata, en castillan general, en euskarien general. Le critique, qui demande que le g en euskarien soit prononcé comme s'il y avait ghe ou ghé, s'avisera-t-il d'écrire jeneral pour la dialecte vascon ? Mais que devient alors, dans cette orthographe sans principes, la marque de l'origine et de l'étymologie latine? Restent les mots où le g latin est placé entre deux voyelles. De Religio, culte, honneur rendu à Dieu, religion, tous les peuples de la famille latine disent : l'italien religione, le castillan, religion, français religion, erre-ligione. Que le verbe auquel remonte ce mot soit relegere, indiqué par quelques dictionnaires classiques, ou tout autre — ce que nous n'avons pas à examiner — il y a un g dans ce verbe, quel qu'il soit. Les Basques, après l'innovation proposée par le critique, écriront-ils errelijione? Mille fois non. Manipuler avec ce système le vocabulaire d'une langue vénérable, ce serait corrompre son orthographe, et non la perfectionner. Le ge, gi, soit respecté avec sa prononciation actuelle dans l'alphabet euskarien : tel est mon avis, celui de tout le monde.

« Ce qui préoccupe le critique, c'est le moyen de différencier les mots basques dans lesquels le gue doit être prononcé, tantôt gou-é que-é, et tantôt ghé. Or, ce moyen, qui a ses règles toutes faites, est tellement simple et élémentaire en français, en castillan et en basque, qu'il est peu raisonnable d'y découvrir une difficulté. On écrira en euskarien guerla et non gerla, en castillan guerra, guerro. Pour le gue basque qui doit être prononcé gou-é et gu-é, selon le dialecte et selon la règle de l'u ouvert ou fermé, la double syllabe sera marquée par un tréma placé sur l'une des voyelles, exactement comme on écrit en français cigüé, en castillan antigüedad, antiquité. Si vous me demandez, estimables collègues, en typographie, sur laquelle des deux voyelles doit être placé le tréma en euskarien, vous me feriez sourire, et votre hésitation me ferait pitié, à propos d'un idiome qui ne constitue pas l'e muet. Que si le mot est de formation complète, par exemple *eguerdi*, synode de *egun erdi*, demi-jour, milieu du jour, midi; on écrira *eguerdi*; l'orthographe doit respecter l'étymologie et la signification du mot, sans détriment pour la prononciation du son *e* qu'on prononce *egun* à la française. Ne vous appesantissons pas sur ces détails, sur ces règles, comme si nous en étions encore à notre première leçon de lecture ou de linguistique.

« L'*u* même se prononce à la française, dans une foule de mots, par les Basques-Souletins; il se prononce *ou* dans les autres dialectes. Le Souletin dit *buru*, à la française; et tous les autres Basques, *bourou*. On soupçonne que l'*u* français est gaulois, qu'il n'est employé nulle autre part en Europe que chez les Turcs, est une voyelle euskarienne dont l'origine remonte aux Ibères français, contemporains des envahisseurs et des conquérants de la Gaule. Chacun est libre d'admettre ou de rejeter ce point historique. Le critique croit devoir montrer l'*u* soulétin de deux points, à l'allemande, ou de faire suivre le mot d'une autre de cette façon: *bùru* (*ou*), *üüü*. Mais d'abord, l'existence de cet *u* français ou gallo-soulétin ayant été signalée dans l'*Introduction* au *Dictionnaire*, il n'en faut pas davantage aux savants, ce me semble, pour indiquer un jour l'origine de cette prononciation, s'ils parviennent à la découvrir. Comment différencier la double prononciation d'une même voyelle dans les Basques, pour le même mot? Vous écrivez *buru*. Mais de quel droit imposer ce signe à tous les autres Basques, qui prononcent *buru* comme s'il y avait *bourou*? Tous les mots qui finissent en *u*, au mode indéfini, entre la double prononciation; ils sont innombrables. Comment exprimer cette différence par un signe typographique, en faveur d'un dialecte, sans violer l'orthographe des quatre autres? *buru*, radical commun, prononcé de deux manières, d'un fait *askia*, la main, les cinq autres *eskia*, prononcez *eskioa*. Il est donc évident que l'expédient de la note et celui des deux points allemands sont une recette impraticable en bonne lexicographie et linguistique; elle contrarie tout et ne remédie à rien. L'important était d'éviter un encombrement prodigieux dans le classement alphabétique des mots: *bourou*, *burû*, *ourin*, *urin*, etc., 4.000 etc.! Il fallait éviter, en outre, une bigarrure et une confusion inconciliables avec la variété des textes et des locutions que le Dictionnaire doit passer en revue, en tout dialecte. Le lexicographe a pris hardiment le bon parti de sacrifier l'orthographe d'une province, laissant à l'intelligence des Souletins le soin de lire et de prononcer l'*u* de deux façons, selon l'usage de leur province. On peut s'en fier à leur esprit.

Silence profond. L'A B C demande un verre d'eau sucrée. Le président boit: la séance est un moment suspendue.

L'A B C reprend le fil de sa harangue: il a la voix plus claire, après avoir bu son verre d'eau.

« Estimables collègues, si vous demandez au Basque quel est son nom dans la grande famille des races humaines, il vous répondra, selon le dialecte: Celui qui possède ou qui parle l'idiome *uskara*, *euskara*, *euskera*, *eskara*, *heskuara*; c'est-à-dire *Uskaldun*, *Euskaldun*, etc. Aucun des noms que les montagnards reçoivent des étrangers, et qu'ils se donnent entre eux en parlant leurs langues, n'appartient à cet idiome caractéristique, national et primitif. De *Euskaldun*, syncope euphonique de *euskara-dun* (*dun*, qui a),

pourrait faire *anaya*, le frère, par un abus qui détruit la régularité et l'unité de l'orthographe méthodique. Mais le Basque-Souletin dit *anaie*, frère, *anaïa*, le frère; sa diphtongue, dans lequel l'*i* long représente le double *i*, du radical et du signe de la déclinaison. Ici l'y deviendrait incorrection et une faute de dialecte, entre deux voyelles; à plus forte raison faut-il le repousser du mot *anaiïar*. Au lieu d'une règle, nous en aurions trois: on espère que le critique se contentera de cette explication.

« L'idée du *ll* barré ou mouillé, empruntée par le lexicographe à des orientalistes fameux, soit au critique, qui semble le lui attribuer, elle a inspiré au critique celle d'attacher quelque signe analogue au S, L, R, Z et C; lettres nouvelles qui serviraient à écrire certaines articulations autrement qu'on ne l'a fait jusqu'ici. La question du H a été évitée; il n'y a pas à y revenir. En euskarien, le *l* se prononce toujours mouillé, comme en castillan, au commencement et au milieu des mots; *alla* fait toujours *aïlla*, et jamais *al-la*, articulation incomme à l'euskarien. « Le *ll* mouillé est donc tout trouvé; il n'est pas besoin d'en inventer un. Cette orthographe traditionnelle, qui est celle de tous les Basques-Espagnols, a tout droit de se faire respecter. Le critique, qui jure volontiers par Darrigol, propose, en outre, de remplacer le *ts* euskarien par le X, à l'exemple des vieilles éditions. On répond à Darrigol: le *ts* se change en *s* devant les consonnes, du radical aux dérivés, dans une multitude de mots. Au lieu de *hats*, respiration, haleine, souffle, et au mépris du dialecte cantabre, qui dit *asnac*, vous mettrez *hax*? A merveille; mais comment écrirez-vous en souletin, *hasperen*, soupir, mot recueilli et cité à Silvain Pouvreau par le docte Oihénart? L'articulation *ts* est plus dentale, cette fois. Le critique, qui a, *hax*, comment, en recommandé logique d'idées avec le mot *as*, *hats*, qu'il applique au principe de la vie organique dans les êtres qui respirent. Le dialecte cantabre dit *asiera*, et le dialecte souletin *hatsarre*, commencement; le moment où l'être reçoit, *ar*, *har*, le premier souffle de vie, *hats*. Le dialecte vascon dit *hasi*, *haste*, commencer. Que devient le X des vieilles éditions, toujours en guerre avec la bonne prononciation des mots radicaux et celle de tous leurs dérivés? C'est là une barrière infranchissable, devant laquelle le X ne doit point se présenter; il faut encore le laisser à cette lettre l'humble rôle que le lexicographe lui a réservé.

« Le critique voudrait aussi marquer d'un signe particulier le Z antique, pour lui faire représenter le *tz* euskarien. Ici encore, la même barrière grammaticale se présente, et les exemples cités, repousse l'innovation. Non proposée; et il sera sorte, qu'il ne sera pas permis d'insister sur cette innovation. On écrirait *hotz*, *oza*, froid, avec un Z barré: mais voici que, dans tous les dérivés, la dentale disparaît: *hoztu*, *hoste*, refroidir, devenir froid; *osti*, *hozpera*, *hozpil*, dim. *hochpil*. Le *hotz* n'est admis en dérivation que par le dialecte qui dit *hozbera*, espace qu'il adoucit la fraîcheur de l'hiver, ou une matinée froide. Le système du critique aboutit à un z barré ou *tz*, qu'il change en Z dans les mêmes mots, à toutes les dérivations régulières. Mieux veut-rent fois garder le *z*, *tz*, dans une orthographe plus méthodique, sans embarrasser l'alphabet d'un intrus parfaitement inutile, et dont l'inconvénient saute aux yeux.

« Le linguiste qui ne se sert que d'un seul dialecte, dans une langue qui en compte cinq,

les philologues français, dans quelques écrits publiés à Paris, à la fin du dernier siècle ou au commencement de celui-ci, firent Euskarien. Le mot est joli, traductif, harmonieux pour l'oreille. Cherchez-le bien, vous le trouverez. Il n'est pas besoin de démontrer son utilité littéraire. Quand on dit Basque, Vascon, Cantabre, Ibère, ces noms géographiques ne peuvent s'appliquer à des tribus de la même race euskarienne, qui auraient vécu ailleurs qu'en Espagne ou dans le midi de la France. Un philologue français dira, les Euskariens d'Italie, comme il est forcé de dire, les Euskariens d'Afrique, en parlant des Atherrites, Apollonites, Errébales, Churites, Maturgores, qui habitèrent l'Afrique septentrionale, il y a plus de deux mille ans. Le critique n'a pas toujours eu de l'antipathie pour ce nom patronymique, quoiqu'il le repousse assez durement aujourd'hui. On lui rappellera qu'il accepta le mot et l'idée, des mains du lexicographe, en 1858, dans les *Études grammaticales sur la langue euskarienne*, ouvrage dans lequel lui censeur écrivit et signa pour sa part 50 pages de Prolégomènes (*).

« L'utilité du K en orthographe euskarienne est incontestable. La règle du K final n'est pas moins décisive; c'est la grammaire qui l'impose avec autorité. L'ancienne orthographe mettait *asca*, *usquegui*; *egosc*; *egosqui*, *tc*, *tzc*, sucer. Le lexicographe remplacera le *c* par le *k* dans tous les mots qui finissent en *ku*, à cause des terminatives de la déclinaison au pluriel: *aska*, pétri; *luche* à pétrir le pain; *askeian*, dans les luches; *askeki* ou *kin*, avec les luches, etc. Si l'on veut un caractère moins saillant et d'une forme moins saillante que le *k* actuel, il n'y a qu'à prendre le *k* ou *kako* russe, bas de casse et minuscule, qui est la forme moderne du kappa grec. Le fondeur rendra cette lettre plus élégante que le *k* écorné qui nous condamnons à la représenter aujourd'hui. Le lexicographe écrira par un *k* final; *atchiki*, *étcher*, *éder*, *idek*, *idok*, *eduk*, *egosk*, *uruchk*, et tous les radicaux qui servent en cet état à la conjugaison vasconne de l'impératif et de l'optatif; et cela, en vertu de la déclinaison qui donne comme forme de l'infinitif et du participe passé, *atchiki*, *ebaki*, *ideki*, *tc*, *tze*, etc. Cette règle, tracée par l'idiome et par les lois fondamentales de la grammaire, est de celles qui ne souffrent pas contradiction.

« Le critique désire connaître la règle qui empêche d'écrire *anaytar*, fraternel. Il y a une règle générale, laquelle défend de placer l'y devant les consonnes; il y a plus de cent ans qu'elle a été reconnue par l'Académie espagnole; et depuis lors, on écrit en castillan *baile*, bal, et non pas *bayle*; *fraile*, et non *frayle*, moine, religieux. C'est ainsi que l'euskarien met *anai*, frère; *anaide*, *anaiasun*, fraternité; *anaitar*, fraternel; *anaite*, *tza*, devenir frère, prendre pour frère; et cela, du radical aux dérivés, par une règle encore plus impérieuse que celle qui prescrit d'écrire *aita*, père. Il y a une troisième règle grammaticale, particulière aux dialectes basques. Tel dialecte change invariablement de en *i*, au singulier de la déclinaison, dans tous les mots qui ont cette désinence. Cette déclinaison est en vigueur, notamment, dans la province de Soule, et dans quelques parties de la Seigneurie de Biscaye, où les Cantabres disent *maitia* pour *maitea*, *neuria* pour *neurea*, etc. Voici le nœud de la difficulté: le *ay* est toujours diphtongue en prononciation; ce sont deux sons réunis dans la même syllabe. De *anay*, frère, le Guipuzcoan, à la rigueur, et qui se heurte aux difficultés d'une orthographe méthodique sur ce terrain, est comme un homme qui marcherait ou danserait sur des œufs ; pour peu que le pied lui glisse, il risque d'en écraser plusieurs. C'est ce qui est arrivé quelquefois à Darrigol lui-même, quoiqu'il eût bon pied, bon œil en philologie. Mais un pauvre auteur de Dictionnaire quadrilingue, publié par livraisons, en présence du public, jugé sévère, qui examine avec des yeux de lynx, et qui rend des arrêts formidables ; un lexicographe montagnard doit être patient, prudent, circonspect, comme le médecin espagnol, à qui le proverbe recommande de ne s'approcher d'un malade qu'avec des pieds de plomb ; il est tenu d'étudier les mystères de son art avec cette ardeur infatigable qui donne de la sagacité, et qui tient lieu de génie, quand on n'en a pas.

« Le critique propose de remplacer le *t* mouillé ou *tt* par un C barré. Une seule classe de mots, celle à laquelle le critique n'a point songé, sans doute parce qu'ils sont en petit nombre, prescrit le double *l't*. La règle d'exception, ayant déjà été établie par le lexicographe dans le Dictionnaire, je ne vois aucun motif raisonnable de changer, en ce point l'orthographe en usage ; outre que le *tto* mouillé est le diminutif que le dialecte souletin adapte à tous les mots de l'idiome, sans exception. L'innovation imaginée par le critique est appuyée d'un exemple qui n'est pas heureux : *ttipi*, petit. Le censeur écrirait *cipi*, avec un *c* barré ou distingué par un signe particulier. Fort bien ; mais le dialecte cantabre dit *tipi*! Pourquoi donc changer le *tt* mouillé, diminutif du *t* simple ? Pourquoi, sous prétexte de le remplacer, ce *c* barré ou dévisagé fera-t-il concurrence à certain *ch* simple, au *tch*, dans les dialectes qui disent : *chiki, chipi, chipi*, petit ; *chikicho, chikiño, tchipitto*, un peu petit : *tchipiñi*, extrêmement petit ; et par augmentatif, *tzipi, tzipitroll*? Pourquoi donc proscrire le *tt* mouillé, et passer du *t* simple au *c* barré, par une innovation inconcevable, lorsque l'alphabet adopté par le lexicographe, sans confondre les articulations l'une avec l'autre, comme semble faire le critique, les représente, en tout dialecte, avec une irréprochable simplicité ?

« Le critique a eu la pensée d'une innovation non moins singulière ; il propose de barrer ou de coiffer le S, pour lui faire représenter le *ch* basque. Mais d'abord, le S euskarien, ou *ssode* chaldéen, est une sifflante palatale ; et le *ch*, une articulation chuintante : l'appareil vocal les produit dans un jeu différent l'un de l'autre. Première distinction à faire. En second lieu, l'exemple choisi par le critique est pris d'un néologisme : c'est un choix malheureux : « *Chichto*, *chichter*, mannequin, panier d'âne (ou de cheval, ou

de mulet, etc.). » Or, même pour le dialecte labourdin, le lexicographe écrira *chister, chisto* ; il ne sacrifiera pas le *ch* initial et chuintant à un S palatal, qu'il soit barré ou non; il rétablira le *s* au milieu du mot, parce que telle est la bonne prononciation, fondée sur l'usage et sur une grande loi étymologique. En effet, les dialectes guipuzcoan et biscayen disent *cister, cester* ; et le dialecte navarro-souletin, *chistro* ; mot que le patois de Bayonne traduit par *chistou*, et le castillan par *cesta*! Enfin, et ceci est concluant, ce mot basque néologique, appliqué au mannequin ou long panier sans anse, qui sert à apporter des provisions au marché, est pris du latin *Cista*, corbeille pour les sacrifices, corbeille dans laquelle on dépose les suffrages ; en grec *kistê* ; ou du latin *Cestus*, corbeille, panier de jonc, ou d'osier, en grec *kestôs* : rien n'est plus incontestable. Donc le *c*, *ch*, est ici respectable à plus d'un titre. L'innovation proposée n'est acceptable sous aucun rapport. L'A B C est convaincu que cette très simple explication fera impression sur l'esprit du critique.

« Il conseille au lexicographe de faire entrer dans le Dictionnaire les noms géographiques des Provinces Basques : mieux vaudra donner à part ce vocabulaire géographique, ainsi que l'ont pratiqué les meilleurs lexicographes : l'étude de la géographie antique s'en trouvera mieux. Les noms patronymiques et de famille fourniront encore aux souscripteurs un tableau fort curieux, qui ne sera pas sans utilité pour l'étude de la langue basque. Vous le savez, estimables collègues, les langues de la civilisation catholique dérivent du latin, par la langue romane, fille de la basse latinité. Quiconque n'a pas étudié le vocabulaire de la langue latine, ne saura jamais à fond l'italien, le français, le castillan, le portugais. Richelet, lexicographe de la grande école au dix-septième siècle, mêle au français le latin dans son dictionnaire publié en trois magnifiques tomes grand in-folio. L'Académie espagnole est toujours fidèle à cette bonne tradition. De simples vocabulaires, espagnol-français et français-espagnol, ne marchent qu'escortés de la langue mère, tout fiers de présenter au lecteur la synonymie complète de l'étymologie latine. Le critique n'approuve pas cette adjonction ; il aimerait mieux qu'un Basque eût recours à un lexique français ou castillan, faute d'avoir un dictionnaire basque-latin dans son pays. L'adjonction du latin était de règle et de principe dans le Dictionnaire quadrilingue ; on en voit déjà l'utilité dans le vocabulaire néologique, qui n'en est que la première partie. Eh quoi ! la seule lettre A porte plus de 650 latinismes avérés, et l'on voudrait bannir le latin d'un dictionnaire basque ! Bien plus ! les mots pris de l'euskarien par les anciennes

langues italiques et par le latin sont en grand nombre ; ce rapprochement est d'un haut intérêt pour les savants, pour tout Basque : et les souscripteurs montagnards n'auraient pas la joie de retrouver, de comparer dans le Dictionnaire national, l'idiome de leurs pères aux langues les plus littéraires et les plus célèbres des civilisations antiques ! Que le censeur daigne un peu méditer là-dessus ; son idée est une de celles qui n'entreront jamais dans l'esprit de l'A B C.

« Le blâme du critique est flatteur pour le lexicographe. On ne se plaint que d'une chose : c'est que la mariée sera trop belle, et qu'elle aura une parure de grand prix. Un architecte bâtissait ; un censeur vint lui dire : Votre portique est trop vaste ; c'est celui d'un temple ; les fenêtres et les toits de l'édifice le feront ressembler à quelque palais de roi. Je préférerais une petite maison de campagne ; c'est un genre d'habitation fort agréable, et qui coûterait moins cher. L'architecte répondit : Laissez-moi faire. C'est un palais et un temple littéraire que je voudrais construire à l'honneur euskarien. Je le dédie à mon pays natal, au milieu d'un petit peuple, grand par ses souvenirs et par sa gloire. Il a produit Quintilien, Ercilla, Iriarté, Huarté, Garat, écrivains de talent. Les lettres basques demandent un Dictionnaire quadrilingue ; on y travaille. Ce qui n'empêchera pas l'architecte de fournir des explications, toutes les fois qu'on lui en demandera.

« Je finirai, estimables caractères de l'alphabet, par une question qui nous est personnelle. Le censeur a dit que la forme pittoresque de nos délibérations avait provoqué, il y a un an, moins de méditations que de gaieté. Le public permet qu'on l'amuse, lui qui est savant, beaucoup plus qu'un académie, et qu'il faut toujours craindre d'ennuyer. Il nous rendra cette justice de reconnaître que s'il a quelquefois, c'est de bon cœur, aux dépens des prôneurs d'une orthographe contraire aux bonnes règles. Et si les lettres de l'alphabet qui ont reçu quelque blessure, ont ri par hasard, c'est du bout des lèvres : témoin le H navarrais. Je mets une proposition aux voix : Le compte-rendu de nos mémorables séances sera tiré à trois mille exemplaires, format in-quarto, sur beau papier, et envoyé en prime, gratis, à MM. les Souscripteurs au Dictionnaire quadrilingue. »

La proposition est votée par acclamation. Le président prononce la clôture des débats : il en sera gardé souvenir dans les fastes de la typographie bayonnaise. L'A B C, qui n'a rien perdu de son sérieux et de sa gravité, congédie l'assemblée. L'etc. prétend qu'il avait encore quelque chose à dire ; tous les caractères de l'alphabet se dispersent en riant.

NOTE.

Le mot EUSKARIEN, appliqué aux Basques et aux peuples de la race antique dont ils sont aujourd'hui les représentants en Europe, est celui que les écrivains français ont créé, et que les plus savants emploient de préférence. Nous citerons M. Jos. J. Théophile de Mourcin, que la mort vient de frapper au moment où il couronnait l'œuvre de toute sa vie par la publication de son *Essai sur le mécanisme des langues*. Cet ouvrage est le résumé des travaux de linguistique que l'illustre savant laisse en portefeuille. Entre une quinzaine de manuscrits remarquables à plus d'un titre, et à côté des *Dictionnaires étymologiques* de la langue hébraïque, de la langue latine, etc., se trouve un *Essai de*

la langue basque, notamment sur les pronoms et la formation des verbes. Professeur au collège de France en remplacement de M. Gail, il fit paraître, en 1812, son *Lexique grec*, qui a eu jusqu'à présent vingt-huit éditions. En 1814, et en sa qualité de savant, il eut l'insigne honneur d'obtenir, sur la demande de l'Institut, un décret impérial qui l'exemptait du service militaire. En 1815 parut un ouvrage intitulé *Serments prêtés à Strasbourg en 842 par Charle-le-Chauve, Louis-le-Germanique et leurs armées respectives*, Serments qui sont, comme on sait, le plus ancien monument de la langue française. Il les avait extraits du manuscrit de Nithard, qui avait fait partie de la bibliothèque du Vatican, et qu'il enleva de la bibliothèque du roi, en 1815, lors de l'invasion étrangère, pour le conserver chez lui jusqu'en 1816. M. de Mourcin, à cette époque, était vice-président de la société royale des antiquaires de France.

Selon lui, l'alphabet latin ne vient point de celui des Grecs, comme on se plaît à le croire, mais bien directement de celui des Hébreux; ce qui lui fait dire, dans un passage extrait de son *Traité de l'alphabet :* « Ce fut bien certainement à une époque » très-éloignée, et peu de temps après sa formation, que l'al- » phabet hébraïque fut transporté en Italie; et il ne passa point » par la Grèce, puisque les noms des lettres latines appartien- » nent tous aux dénominations primitives: A, Bé, Ké, Dé, et non » pas *alpha, beta, delta,* etc. » M. de Mourcin trouve fort étran- ge que l'on ne mette jamais dans les grammaires latines les noms des lettres de l'alphabet. Ces lettres, dit-il, sont au nom- bre de vingt-trois, dont deux au moins ont été empruntées des Grecs. On peut en faire le tableau suivant : A, A ; — B, BE ; — C, KE ; — D, DE ; — E, E ; — F, EF ; — G, GHE ; — H, HA et HACHE ; — I, IE ; — K, KAPPA ; — L, EL ; — M, EM ; — N, EN ; — O, O ; — P, PE ; — Q, KOU ; — R, ER ; — S, ES ; — T, TE ; — U, OU et VE ; — X, IX ; — Y, UPSILON ; — Z, ZED.

Mettons en réserve le Q, qui ne fut point adopté par les Grecs, et l'Y dont il sera parlé plus loin. Le point de départ de M. de Mourcin est celui-ci : que toutes les langues du vieux monde sortent de l'hébreu. C'est aussi aux Hébreux, et particulière- ment au peuple juif, que nous devons l'invention de l'alphabet représentatif et phonique. L'alphabet latin et grec viendraient de là. S'il en était ainsi, nous demanderions comment il se fait que les lettres hébraïques ont perdu les noms monosyllabiques et primitifs qu'elles durent avoir, dénominations conservées par les Latins, et de nos jours encore par les Basques. Cet alphabet latin, grec, phénicien ou arabe, l'un vaut l'autre, ne serait-il point celui des Euskariens-Ibères ? Il paraît très certain à M. de Mourcin, « que ce sont les Arabes qui ont porté l'alphabet » hébraïque en Italie, et qu'ils l'y ont porté bien antérieure- » ment aux temps bibliques, et même avant que les Grecs eus- » sent reçu le leur. » Qui nous prouvera que les Arabes n'a- vaient point reçu les Euskariens d'Afrique les dénominations primitives des lettres de l'alphabet ? L'Euskarien dit comme les Latins : L, EL, N, EN, etc. M. de Mourcin établit que plusieurs noms de lettres se sont formés par la transposition, comme EL pour LE, ER pour RE. Nous n'admettons pas que le nom du R, ER, se soit formé par la transposition ; il fut pris de l'alphabet euskarien, et fourni aux Italiens du second âge par le grand peu- ple civilisateur que les invasions celtiques avaient anéanti dans le Midi de l'Europe. La preuve en est que l'euskarien n'a point de mots qui commencent par le R initial. Ou, si jamais les Ibè- res ont écrit leurs mots par le R initial, ils devaient le pronon- cer ER, exactement comme les Basques prononcent et écrivent aujourd'hui les mêmes mots de la langue latonique. Donc, le nom latin de N, ER, est une appellation euskarienne et primitive.

Les mystères qui enveloppent l'origine et l'invention de l'écriture euskaro-ibérique ne tarderont pas à être éclaircis. Nous l'avons déjà fait ailleurs, et ce principe, ou ce fait, nous paraît évident : les lettres ne sont que le signe représentatif, le trait habilement et anatomiquement dessiné des touches de l'ins- trument ou appareil vocal, selon la forme que les organes affec- tent pour produire les voyelles et articulations; indication bien simple, qui consiste à faire trouver aux inventeurs de l'écriture euskarienne, à l'aide des lèvres, de la bouche et du gosier de l'homme, la forme des lettres de l'alphabet. Les voyelles appar- tiennent à la voix chantante et non articulée de l'homme; l'anatomiste dessinateur trouvera sans effort, du tuyau vocal aux lèvres, toutes les formes de l'A, E, I, O, U ibériques. Nous ne dirons point, avec M. de Mourcin, que le *Beth* hébraïque représente l'entrée d'une caverne, et qu'il en offre le son; mais nous croyons voir que le B, P et M ibériens, comme articulations labiales, représentent les lèvres de l'homme. Ainsi de toutes les autres lettres. Nous prenons ici note de la promesse qui nous a été faite par le savant auteur des *Études sur l'Alphabet ibérien,*

M. Boudard, lorsqu'il nous écrivait: «Je vois dans votre dernière » Livraison, que vous regardez l'alphabet ibérien comme anté- » rieur à tous les autres alphabets, au moins à certains alpha- » bets qui sont en renom ; j'espère bien démontrer, par un do- » cument irrécusable, qu'il est antérieur au douzième siècle » avant notre ère, et qu'il ne peut avoir été emprunté à l'al- » phabet grec. » Qui dit grec, dit latin, arabe ou phénicien, hébraïque. Voici une indication que nous soumettons à M. Bou- dard ; elle se rapporte à la foule des mots euskariens qui se ter- minent en *u* ; voyelle fermée chez les Basques-Souletins, qui di- sent à la française, différemment des autres dialectes qui pro- noncent ou : *esku,* main, *buru,* tête. Cette terminaison est celle du mode indéfini en tout dialecte ; mais cet *u* fermé se change en *i,* en dialecte souletin, devant *l'a, ac, aren,* etc. de la décli- naison au singulier. Quand les autres dialectes disent *eskua,* la main, *burua,* la tête, le dialecte aquitain dit *eskia, buria,* etc. Maintenant, que M. Boudard examine les six formes de l'u ibé- rien, auquel la langue générale devait affecter au moins trois prononciations différentes, selon le dialecte ; il saura nous dire si l'u latin, et l'y, upsilon grec, et ses deux formes minuscules ne furent point tirés de là. Les noms euskariens terminés en *e.* sont *ea* et *ia,* selon le dialecte, à la déclinaison du singulier. Que l'on examine les formes ibériques affectées soit à l'é long, soit à l'e bref de l'idiome euskarien: on verra si ce n'est point cetalpha- bet qui aurait fourni aux Grecs leur E, épsilón, et leur H, appelé *éta, hêta,* que l'on remplace aussi bien par i, *hta.* Il est évident que l'une des huit formes de l'E bref ibérien devait représenter l'e de l'indéfini changé en *i* long par la déclinaison aquitanique, et en *é* long par les autres dialectes. Les travaux de M. Boudard sur les anciennes monnaies espagnoles faciliteront beaucoup l'é- claircissement de ces mystères alphabétiques; et c'est une gran- de lumière qu'il portera sur l'une des plus belles questions de la linguistique moderne. Quant à M. de Mourcin, le mot EUSKA- RIEN n'avait point choqué ce savant, dans l'intitulé de l'*Histoire primitive des Euskariens-Basques,* quand il avait la courtoisie de nous écrire : « Ce bon volume contient beaucoup de savan- » tes recherches, d'excellentes vues, et le résultat de vos idées » abontit par des chemins différents au même point que celui de » mes travaux. » Il dit fort bien (*Mécanique des langues*), à propos de la primitive écriture espagnole : « Il ne serait pas étonnant » que la même forme pût, chez les Euskariens, avoir plusieurs » valeurs différentes, comme en arabe, où il n'y en a qu'une pour » rendre le B, l'N, le r et l'I, etc.; et pour le vieux alphabet ibé- » rien, on a tort d'établir en principe qu'une *forme ne peut avoir* » *qu'une valeur.* » C'est à un ardent amour de l'étude, à une rare assiduité au travail, que l'on doit attribuer la mort préma- turée du vénérable linguiste. Occupé à mettre la dernière main à sa *Mécanique des langues,* il nous écrivait une lettre gaie et charmante, dont voici les dernières lignes : « Je lis avec intérêt » votre *Biarritz* (*); il renferme des choses très-curieuses. Votre » assemblée générale de poissons, racontée fort poétiquement, » m'a fort amusé. » Peut-être, déjà, sentait-il s'éloigner de lui : il s'en est allé, sans souffrances, sans regrets, comme s'éteignent ici-bas les belles et pures intelligences. Nul, plus que nous, n'a gémi de cette perte ; M. de Mourcin était le linguiste érudit qu'il nous fallait, pour essayer de prouver que l'idiome euskarien n'appartient pas au groupe immense des dialectes celtiques, dont l'hébreu était pour lui le centre fécond, comme le sanscrit l'est pour d'autres orientalistes, et le bas-breton pour les Armoricains. En nous annonçant le résumé de ses travaux de linguistique, il avait la bonté de nous écrire : « Rassurez- » vous sur plusieurs points ; je ne fais point descendre les Eus- » kariens des Phéniciens, et encore moins des Grecs, dont on » ne peut rien tirer, ou à peu près. » Et ailleurs : « Veuillez » croire, mon cher confrère, que quoique nous ne suivions » pas le même chemin, nous serons toujours en parfait ac- » cord, et que nous arriverons aux mêmes résultats, c'est-à- » dire à prouver que les Euskariens remontent à une anti- » quité extrêmement reculée. »

(*) *BIARRITZ ENTRE LES PYRÉNÉES ET L'OCÉAN.* ITINÉRAIRE PITTORESQUE. Deux jolis volumes. Chez P. Lespés, imprimeur.

www.ingramcontent.com/pod-product-compliance
Lightning Source LLC
Chambersburg PA
CBHW061617180626
46818CB00005B/2114